COLLECTION FOLIO

Anne Wiazemsky

Une poignée de gens

Gallimard

© *Éditions Gallimard, 1998.*

Anne Wiazemsky s'est fait connaître comme comédienne dès sa dix-septième année, tournant avec Bresson, Pasolini, Jean-Luc Godard, Marco Ferreri, Philippe Garrel des rôles aussi importants que ceux de *La Chinoise* ou de la jeune fille de *Théorème*, avant d'aborder le théâtre (Fassbinder, Novarina) et la télévision. Elle a publié des nouvelles, *Des filles bien élevées* (Grand Prix de la nouvelle de la Société des Gens de Lettres, 1988), et des romans, *Mon beau navire* (1989), *Marimé* (1991), *Canines* (Prix Goncourt des lycéens, 1993) et *Hymnes à l'amour* (Prix RTL-Lire). Elle a reçu le Grand Prix de l'Académie française en 1998 pour *Une poignée de gens*.

Pour Pierre, mon frère.

Vassili Vassiliev (Moscou)   10 février 1994
à
Marie Belgorodsky (Paris)

Chère Madame,

Pardonnez-moi de vous écrire alors que nous n'avons jamais été présentés l'un à l'autre, que nous ne nous connaissons pas.

Je suis un cousin éloigné et un ami de votre grand-tante Nathalie Belgorodsky, décédée aux U.S.A., il y a huit ans. Vous avez sûrement entendu parler d'elle. Elle fut l'épouse du prince Wladimir Belgorodsky tragiquement assassiné dans sa propriété de Baïgora, le 15 août 1917. Cet homme admirable à tout point de vue était, je vous le rappelle, le frère aîné de votre grand-père Micha.

Dès le début de sa maladie, votre grand-tante Nathalie m'avait confié le journal (en Russie nous appelons ce type de journal de bord *Livre des Destins*) tenu par son mari en 1916 et 1917. On y découvre la vie d'une propriété au quotidien et la montée du bolchevisme. C'est un

11

document humain et historique très important et je souhaiterais que vous en ayez connaissance. Son existence tient du miracle ! C'est une employée de votre famille du nom de Pacha qui l'a sauvé puis restitué à votre grand-tante Nathalie avant qu'elle n'émigre avec vos grands-parents et leurs enfants. Traverser la Russie en pleine guerre civile pour aller en Crimée, quel formidable exploit !

Nathalie Belgorodsky était très attachée à vos grands-parents qui l'ont beaucoup soutenue à la mort de son mari. C'était aussi la marraine de votre père, Pétia. Elle n'a jamais rencontré son épouse française (votre mère) ni vous-même. Je crois qu'elle le regrettait. Mais n'est-ce pas le destin commun de bien des familles d'émigrés que d'être ainsi dispersées aux quatre coins du monde ?

Étant de passage à Paris les 11 et 12 mars 1994, je serais heureux de vous rencontrer et de vous parler plus longuement du *Livre des Destins*. Si vous le souhaitez aussi, vous pourrez me joindre à l'hôtel du Panthéon où je compte descendre.

Croyez, chère madame, à toute ma considération.

VASSILI VASSILIEV

Cette lettre est arrivée depuis plus d'une semaine et je ne comprends toujours rien à ce charabia familial. Je ne connais ni son auteur Vassili Vassiliev, ni ma soi-disant grand-tante Nathalie, ni son mari Wladimir. Seul le nom de Baïgora, peut-être, m'évoque vaguement quelque chose.

Pourtant c'est bien à moi que cette lettre est adressée.

Je m'appelle Marie Belgorodsky, j'ai quarante ans, je suis française. Je dois mon nom russe à mon père, né à Petersbourg, en juin 1916. De lui et de sa famille, je ne sais presque rien. Ils ont émigré en 1919 pensant comme beaucoup que le régime communiste ne durerait pas, que les rouges seraient chassés et qu'ils reviendraient chez eux. « Personne ne pouvait imaginer qu'il s'agissait là d'un exil définitif » est une phrase commune à nombre d'entre eux.

Mes grands-parents, mon père Pétia et sa sœur Hélène ont acquis la nationalité française peu avant la Seconde Guerre mondiale. Avaient-ils alors perdu tout espoir de revoir leur terre natale? Sans doute. Je regrette qu'ils n'aient pas vécu assez longtemps pour assister à la chute du mur de Berlin et à ce qui s'ensuivit : la fin du régime communiste. Je regrette de les avoir si peu connus. Mes grands-parents sont morts alors que je n'avais pas dix ans et mon père alors que j'en avais quinze. La douleur de le perdre fut si grande qu'il me fallut presque l'oublier pour continuer à vivre.

Aujourd'hui je sais que j'ai répété là ce que lui-même avait fait pour sa propre survie. Quand il a choisi de devenir français, il a tourné le dos non seulement à son pays d'origine, mais à ses traditions et à ses souvenirs, s'interdisant ainsi toute nostalgie. Sa vie d'homme à construire l'intéressait beaucoup plus que son passé si riche et romanesque fût-il. Il regardait devant lui, pas derrière. Et il est mort trop jeune pour atteindre l'inévitable moment où l'on ressent le besoin de se retourner sur son passé et peut-être d'en transmettre quelques bribes.

Sa sœur, ses cousins et cousines auraient pu alors prendre une sorte de relais. Cela ne s'est pas fait. Ils vivaient ailleurs, en Espagne, en Amérique, en Angleterre, sous d'autres nationalités, eux aussi.

Quand j'étais enfant, je les ai vus parfois se réunir. Ils me semblaient très joyeux et très énergiques. Ils parlaient plusieurs langues à la fois.

Mon père le temps d'une soirée en leur compagnie se plaisait tout à coup à évoquer « les étés à Baïgora », « les canaux gelés de Petrograd », « les bains de mer à Yalta ». Des noms et des lieux qui me faisaient rêver. Moins, toutefois, que les histoires de tante Hélène. Ma préférée était celle du lion.

Selon elle, ma grand-mère Xénia se serait enfuie de Russie avec ses deux enfants et son lion favori. Peu de bijoux, de bagages, car le temps était compté. Mais un lion. Un lion apprivoisé, certes, mais qui avait l'habitude d'attaquer qui bon lui semblait sans être inquiété. Hélas, ce qui était toléré dans la Russie tsariste ne l'était plus dans la banlieue parisienne où ma grand-mère s'était réfugiée. Alerté par les voisins, le maire vint en personne étudier la situation. Aussitôt le lion lui sauta dessus et le verdict fut sans appel. Malgré les larmes et les supplications des exilés, il l'exécuta d'un coup de carabine. Fin tragique du lion russe.

Entre le silence volontaire de mon père et les récits farfelus de tante Hélène, comment accrocher un début de vérité ? Mon père jugeait que l'éducation des enfants était l'affaire des femmes. Il promettait de prendre le relais dès que j'approcherais de l'âge adulte. Malheureusement, il mourut avant. Que m'aurait-il enseigné ? Je crois qu'il m'aurait désigné l'horizon et encouragée à aller de l'avant.

Et c'est ce que j'ai fait. Ma propre vie m'intéressait bien plus que le passé de mes deux familles, la française et ce qui restait de la russe. J'entrai dans l'âge adulte en courant, soulagée de quitter l'enfance, impatiente de connaître d'autres gens, d'autres lieux. Se réaliser à travers un travail me semblait la seule chose vraiment sérieuse.

Et puis les années passèrent. De temps à autre, il se trouvait quelqu'un pour s'étonner de mon indifférence. Comment pouvais-je ne pas être plus curieuse de ma « prestigieuse famille » ? « oublier que mon père était prince » ? N'avais-je donc pas envie de connaître la Russie, la « terre sacrée de mes ancêtres » ? Mon absence de nostalgie passait au mieux pour une pose, au pire pour de la stupidité ou de l'inculture. Il est vrai que je n'étais pas du genre à m'attendrir en feuilletant des albums de photos de famille, ni à revenir sur la terrible maladie de mon père et sur sa mort à quarante-six ans. L'expression « chercher ses racines » m'exaspérait. Moi, ce que je voulais, c'était les inventer dans mon propre sol. Mes racines, ce serait mon travail.

Parfois, rarement, il m'arrivait de jeter un coup d'œil loin, très loin derrière moi.

Un jour un ami m'apporta un livre d'Aragon intitulé *Hourra l'Oural*. Dans l'un de ses poèmes, l'auteur maudissait le « cruel lieutenant Belgorodsky » et appelait sur lui et ses descendants les foudres du ciel. Tante Hélène m'avait raconté comment mon grand-père après avoir envoyé sa famille en exil était parti rejoindre l'Armée blanche ; comment il s'était battu « jusqu'au dernier homme, jusqu'au dernier souffle contre les rouges ». Que mon grand-père et sa descendance soient maudits par Aragon me plut énormément !

Un autre jour, c'est ma chevalière de jeune fille que j'ai remise à mon doigt, qui s'y trouve toujours et que je contemple avec plaisir : non pas parce qu'elle me vient de ma famille russe mais parce que je la trouve très jolie.

Puis ma tante Hélène est morte sans que nous ayons eu l'occasion de renouer des liens.

Quand j'avais vingt ans, elle n'avait pas apprécié mes choix de vie, ma volonté d'ignorer mes origines. Je m'étais détournée d'elle sans regret et réciproquement. Mais elle n'avait pas d'enfant et me légua deux albums de photos. Curieusement, je ne les regardai pas tout de suite. Je craignais le rappel d'un monde oublié, un attendrissement tardif et sentimental dont je ne voulais pas. Puis, je m'y résolus.

Des visages, des maisons, des jardins, surgissaient de page en page me racontant une histoire dont j'ignorais tout à commencer par l'identité des protagonistes. Bien sûr, j'identifiai mon père et sa sœur enfants, leurs parents dont la jeunesse et la beauté me surprirent. Mais je ne savais rien de la plupart des personnes qui les entouraient. Leur nom soigneusement écrit par la main respectueuse de tante Hélène ne m'aidait pas. Pas plus que les lieux où ils se trouvaient : un palais à Petrograd, une propriété du nom de Baïgora, une autre à Yalta, en Crimée.

Mais une surprise de taille m'attendait.

Sur les photos prises à Yalta en 1919 comme sur celles prises à bord du navire anglais sur lequel avait embarqué ma famille, puis à Malte, à Londres et enfin à Paris, mon grand-père figurait en bonne place. Les récits de tante Hélène concernant son héroïque engagement dans l'Armée blanche me revenaient en mémoire. Mais aucun doute n'était possible : il émigra en même temps que les siens en avril 1919. Ce n'était donc pas lui le « cruel lieutenant Belgorodsky » maudit par Aragon !

Et je rangeai les albums. Ce monde disparu et un moment réapparu était trop romanesque, je n'en voulais pas. Peut-être, si, de son vivant, tante Hélène m'avait montré les albums, aurais-je posé des questions. Peut-être ? Sûrement. Mais elle était morte et avec elle avait disparu le dernier témoin.

Et voilà que surgit dans ma vie d'aujourd'hui, en 1994, un inconnu qui se prétend cousin et ami d'une tante par alliance dont j'ignore tout ! Qui évoque un assassinat dont personne, jamais, ne m'a parlé. Il semble connaître beaucoup de choses sur ma famille. Mais en quoi un grand-oncle assassiné serait-il plus crédible que l'émouvant lion de tante Hélène? D'après sa lettre, cet homme serait à Paris et repartirait demain pour Moscou. Il attend que je le contacte. Et j'hésite à le faire.

L'homme qui se lève quand j'entre dans le vestibule du modeste hôtel, près du Panthéon, est de grande taille, massif. Son gros manteau de confection ajoute encore à sa corpulence, une de ses mains triture une chapka. Il avance vers moi en s'appuyant sur une canne, une sacoche usée sous le bras. Il doit avoir dans les soixante-quinze ans et ressemble tellement à l'idée qu'on se fait d'un Russe que je n'ai eu aucune peine à l'identifier. Il me tend la main.

— Marie Belgorodsky, bien sûr ! Je suis Vassili Vassiliev. Merci de vous être rendue à l'invitation d'un vieil inconnu presque infirme !

Il me désigne sa jambe gauche.

— J'applaudis tous les jours la fin du régime communiste ! Mais tout changement entraîne ses désordres. Mes compatriotes se mettent à acheter des voitures et conduisent n'importe comment ! C'est l'une d'elles qui m'a renversé. Vous ne pouvez pas imaginer comme il est devenu dangereux de traverser une rue à Moscou ! Heureusement nous disposons de nombreux passages souterrains… De quoi tenir en attendant que ces brutes apprennent à conduire !

Son français est parfait, il ne roule même pas les *r*. D'emblée il me prend le bras et nous voilà trottinant vers le petit bar. A-t-il perçu le raidissement que cette familiarité provoque chez moi ? Je me demande déjà ce que je fais là, un soir de mars 1994, avec cet inconnu. Heureusement, j'ai eu la prudence de l'avertir par téléphone : je n'ai qu'une demi-heure à lui consacrer. Il s'en souvient.

— Dommage que vous ayez un dîner professionnel, je me serais fait une joie de vous inviter. Ne perdons donc pas un temps précieux. Champagne ?

Il n'attend pas ma réponse et commande deux coupes à un serveur somnolent et de mauvaise humeur. Hormis nous trois, il n'y a personne dans ce sinistre petit bar d'hôtel. Une horloge indique qu'il est dix-neuf heures trente. À vingt heures, je me sauve.

On apporte les coupes.

— Et des olives, des chips et des biscuits salés ! réclame mon hôte. Ah le champagne français ! Buvons à notre rencontre, Marie ! Et maintenant, dites-moi ce que vous voulez savoir, ce que vous attendez de moi.

De stupéfaction, j'ai failli lâcher ma coupe. La seule réponse serait « rien ». Mais je grimace une sorte de «je ne sais pas» suivi d'un «c'est vous qui m'avez contactée».

— Exact. Si j'étais vaguement au courant de votre existence par votre grand-tante Nathalie Belgorodsky, vous ne pouviez qu'ignorer la mienne. J'aurais dû commencer par me présenter.

Il prend un ton solennel que ses yeux malicieux démentent.

— Je suis un historien et jusqu'à il y a encore deux ans, j'enseignais l'histoire à l'université de Moscou. Maintenant que je suis à la retraite, je peux me consacrer à ce qui me passionne le plus, mon «hobby», comme disent les Anglais : les prémices de la guerre civile russe et plus particulièrement les années 1916 et 1917. Ainsi que je vous l'ai écrit, j'étais très lié avec la princesse Nathalie Belgorodsky qui m'a fait lire le journal de votre grand-oncle. Son tragique assassinat a été le premier d'une longue série et il demeure à ce titre exemplaire. Vous savez ensuite ce qui s'est passé. Lénine revient en octobre pour déclencher l'insurrection armée. Dans la nuit du 25, le croiseur *Aurore* dirige ses canons vers le palais d'Hiver où siège le gouvernement provisoire de Kerensky et lance la salve qui déclenche l'assaut du palais...

Ah non, cet homme assis en face de moi, tout bienveillant soit-il, ne va quand même pas me retracer en détail l'histoire de la révolution russe ! Le désarroi doit se lire sur mon visage car sa voix s'adoucit. Il me contemple avec gentillesse.

— Excusez-moi, dit-il. Je me laisse envahir par ma passion. Tout cela ne doit pas beaucoup vous intéresser !

— Je connais comme tout le monde les grandes lignes de la révolution russe, dis-je sèchement. — Puis sur un ton à peine plus aimable : — Ce que je ne connais pas, ce sont les gens dont vous me parlez.

— Nathalie et Adichka Belgorodsky ?

Il est atterré. Un silence entre nous. Un couple de touristes américains s'installe à côté et commande des bières. L'horloge indique dix-neuf heures quarante.

— Votre père et vos grands-parents ne vous ont pas parlé d'Adichka et de Nathalie Belgorodsky ? de Baïgora ? du meurtre qui y fut commis le 15 août 1917 ?

— Non.

Je le sens incrédule. Je n'ai aucune envie de parler de moi, de justifier ou d'expliquer mon ignorance en ce domaine. Ce que mon père m'a ou non confié ne le regarde pas.

— Pourquoi m'avez-vous contactée ?

— Oui, pourquoi ? Votre grand-tante Nathalie Belgorodsky approuvait mes recherches concernant les prémices de la guerre civile. Quand elle a appris qu'il n'y avait pas d'issue à sa maladie, elle m'a offert le journal de son mari Wladimir que tout le monde appelait par son surnom :

Adichka. Elle ne s'était jamais remariée et n'avait donc pas eu d'enfant. Alors elle légua ce qu'elle possédait aux enfants et petits-enfants de ses sœurs. À l'exception du *Livre des Destins* qu'elle me réservait. Elle a poussé l'amitié jusqu'à me suggérer de le rendre public en l'incluant dans mon travail. Ce que je vais faire dès que j'aurai terminé mon enquête. Vous ai-je dit que je compte me rendre au mois d'août à Baïgora ? Peut-être subsiste-t-il quelque chose de cette propriété modèle, exemple parfait de ce que la Russie présentait à l'époque de plus moderne et de plus novateur… Nous savons que la propriété fut pillée et détruite. Mais jusqu'à quel point ? Baïgora se situe en Russie centrale, à huit ou dix heures en voiture de Moscou…

Il se penche vers moi avec des airs de conspirateur.

— C'est là que votre grand-oncle a été assassiné le 15 août 1917. On ne sait pas exactement par qui. Des soldats mutins ? Des paysans révoltés ? Voulant tirer cette histoire au clair, j'ai écrit aux responsables des archives des villes de Vorinka, Volossovo et Sorokinsk pour réclamer des articles de l'époque, des rapports de police. On vient de m'envoyer la copie de l'un d'entre eux. C'est accablant ! Ses assassins l'ont mis en pièces ! Vous voulez que je vous le traduise ? Quoique vous devriez commencer par lire le *Livre des Destins*.

— J'ai vécu quarante ans en ignorant ces gens, ils ne signifient rien pour moi.

— Dommage pour vous, très dommage. Cette chère Nathalie était une grande artiste et une femme remarquable. Elle a très bien connu vos grands-parents Micha et Xénia, votre père et sa sœur Hélène. Ils ont émigré ensemble pour se séparer ensuite. Elle, aux U.S.A., les vôtres en France, les autres en Allemagne et en Suisse. Mais Nathalie est restée jusqu'au bout en contact avec votre grand-père et les siens. Il y avait des photos d'eux chez elle, des photos de l'époque heureuse à Baïgora… Vous saviez que Nathalie était une très grande pianiste ? Ses interprétations des sonates de Beethoven sont magnifiques ! En Amérique on commence à les rééditer. De même que son interprétation du concerto numéro 2 de Rachmaninov et du concerto numéro 5 *Égyptien* de Saint-Saëns ! D'une vigueur ! Peut-être aurons-nous bientôt l'intégrale de son œuvre ?

Tout en m'étourdissant de paroles, il a sorti de sa vieille sacoche en cuir une mince chemise de papier sur laquelle est écrit en lettres majuscules *Livre des Destins*. Il dépose la chemise sur la table devant nous, au milieu des miettes de chips et des noyaux d'olives.

— C'est pour vous. Traduit par mes soins. Je vais intégrer le *Livre des Destins* à mon travail. Il m'a semblé normal que vous ayez une copie du texte original. J'ai adressé la même à vos cousins américains. Et puis Nathalie aimait beaucoup son beau-frère Micha, votre grand-père. Elle m'approuverait de donner une copie du journal à sa petite-fille française.

Je prends avec une soudaine émotion la chemise en papier.

— Je vais annuler mon dîner. Parlez-moi encore d'eux.

De l'église il restait la charpente et le dôme. L'incendie qui l'avait dans un premier temps ravagée n'était plus qu'un souvenir lointain. Les pillages, les pluies incessantes et les crues de la rivière avaient achevé l'œuvre de destruction. Dans la crypte où l'eau montait, flottaient deux cercueils. Tout autour de l'église s'étendait à l'infini un paysage glacé, désertique et lunaire. Des bandes de grandes et maigres corneilles tournaient dans le ciel, affamées et hurlantes. Si des hommes s'étaient trouvés là jadis, il n'existait plus trace de leur passage sur terre. Et c'était comme si la Russie n'avait jamais existé sur la carte du monde.

Nathalie eut le sentiment qu'elle avait crié dans son sommeil et que c'était cela qui l'avait éveillée. Elle s'en irrita. Que d'histoires pour un mauvais rêve !

La lune entrait par les fenêtres restées grandes ouvertes et éclairait cette chambre où elle dormait pour la première fois. Elle distinguait les contours des meubles, des tableaux, des miroirs ; le buste de jeune fille en biscuit de Sèvres qu'Adichka, ou plus exactement le prince Wladimir Belgorodsky, lui avait offert «parce qu'il lui ressemblait». Elle devait l'épouser le surlendemain. Il avait trente et un ans et elle à peine dix-huit. Ce qui aurait pu être un mariage de convenance était un mariage d'amour. Sinon pourquoi aurait-elle accepté aussi aisément de quitter la capitale et de venir loin des siens, de ses amis, dans ce qui lui semblait être le bout du monde ?

Nathalie se leva. Elle s'habituerait à cet immense domaine. Elle s'intéresserait à l'élevage des chevaux de course, aux vaches suisses, «les plus belles de toute la Russie». Elle s'occuperait de l'école ; de l'hôpital que le grand-père d'Adichka avait fait construire sur ses terres dont l'équipement moderne rivalisait avec ceux des meilleurs hôpitaux de Moscou.

Un air tiède chargé d'odeurs de glycine et de chèvrefeuille l'attira au bord de la fenêtre principale. Devant elle, à l'ouest, s'étendaient les pelouses et les serres ; le parc et les prairies, les champs de blé et d'avoine et enfin, très loin et à perte de vue, la forêt. Était-elle la seule à veiller ainsi ? la seule à profiter de cette quiétude ? Elle songeait aux centaines de paysans disséminés sur le domaine Belgorodsky ; à sa future famille qui occupait presque toutes les chambres du manoir ; à sa mère et à ses quatre petits frères et sœurs qui reposaient à côté. Tous dormaient.

Mais une vie nocturne intense parvenait jusqu'à elle. C'était des centaines de crapauds et de grenouilles qui donnaient de la voix avec une énergie si joyeuse, si comique, qu'elle se prit à rire, toute seule, à sa fenêtre. Parfois s'y mêlait une note mélodieuse et solitaire qui l'attendrissait jusqu'aux larmes : un rossignol nichait dans le tilleul le plus proche et chantait pour elle. Nathalie croyait saisir alors la mystérieuse respiration du domaine. Et elle savait déjà qu'elle n'oublierait jamais cette douce nuit de mai 1916, à Baïgora.

Sur la table de chevet, dans un cadre en argent ciselé, la photo d'Adichka Belgorodsky la contemplait avec confiance et gravité. Il ne souriait pas et posait, les épaules rejetées en arrière, avec un rien de raideur. Mais ce qui fascinait le plus Nathalie, c'était son regard d'une vivacité, d'une acuité remarquables. Un regard qui l'avait immédiatement séduite. Était-elle digne d'Adichka Belgorodsky? Était-elle assez jolie, assez intelligente? Son propre visage reflété dans le miroir ne fit que l'inquiéter davantage. Nathalie jugeait bizarre le contraste entre le dessin affirmé du nez, des pommettes et du menton et la douceur paresseuse des yeux et de la bouche. «Un visage qui a du caractère», disait-on dans sa famille. Pour aussitôt après louer ses cheveux châtains, très épais, très longs et dont on disait depuis toujours : «C'est ce qu'elle a de mieux.»

— Des bicyclettes, vraiment?

Nathalie insistait. Parcourir les allées du parc à bicyclette lui semblait «amusant», «moderne», «français». Adichka l'écoutait avec une attention soutenue.

— Françaises, précisa Nathalie. Des Peugeot.

— J'avais compris.

Il savait l'importance qu'elle attachait à tout ce qui venait de France. Au point d'avoir francisé son prénom en y ajoutant un «h». Au début, il avait eu quelques difficultés à s'y habituer. Maintenant il trouvait naturel de l'appeler Nathalie et non Natacha puisque tel était son souhait. C'était même à ses yeux un charme de plus et non une afféterie comme le jugeait sa sœur Olga. Il lui désigna des chevaux qu'un maître de manège dressait dans la prairie. Il décrivit leur origine, les courses auxquelles on les destinait. Sa modestie l'empêchait d'insister sur leurs exceptionnelles qualités mais Nathalie avait compris : les chevaux de Baïgora figuraient parmi les plus recherchés du monde. Il lui en montra un en particulier qui se tenait à l'écart des autres.

— C'est Oka, un trotteur de la race indigène Orlov… Il a gagné le derby russe il y a deux ans ! Maintenant il se repose !

Ils étaient l'un et l'autre accoudés à la barrière qui clôturait la prairie. Adichka parlait lentement, attentif à se faire comprendre de Nathalie sans avoir recours au jargon professionnel propre aux éleveurs. Nathalie écoutait en silence. Elle aimait cette voix douce et posée. Elle aimait qu'il connaisse tant de choses et qu'il veuille bien lui transmettre un peu de son savoir. À son contact elle deviendrait meilleure, plus intelligente. C'était comme si Adichka, à trente et un ans, avait déjà vécu plusieurs vies.

Après de brillantes études à la faculté de Droit de l'Université de Petrograd, il avait vite été promu secrétaire personnel du Premier ministre Pïotr Stolypine. L'assassinat de ce dernier l'avait profondément affecté. Peu de temps après, le père d'Adichka mourait et il avait dû le remplacer à la tête de la propriété. Il avait été élu président de l'administration régionale. Depuis le début de la guerre avec l'Allemagne, il présidait aussi la commission de mobilisation, poste difficile, impopulaire et dangereux en ces temps de troubles sociaux.

Parce qu'il craignait de l'ennuyer avec le dressage des chevaux de course, il l'entraînait vers l'église où se célébrerait, le lendemain, leur mariage. Il marchait à ses côtés, respectant son rythme, sa façon de s'arrêter brusquement devant un arbre dont elle désirait savoir le nom.

— Et ça? C'est encore un platane?

— C'est un chêne! Aux abords de la prairie, devant la maison, vous en verrez un autre, immense, très vieux, que tout le monde ici respecte. Si on se met à deux pour entourer son tronc, on n'en fait pas encore le tour!

Il vit son sourire en coin et fut pris d'un doute.

— Vous vous moquez de moi?

Le sourire de Nathalie s'affirma.

— Oui, qu'est-ce que vous croyez! Je sais quand même distinguer un platane d'un chêne! N'empêche, vous avez trop de variétés d'arbres. Je n'imaginais pas qu'il en existait autant. Jamais je ne pourrai les reconnaître.

Adichka faillit la remercier. Aux habituels tilleuls, ormes, hêtres, peupliers, platanes, marronniers, bouleaux, pins et sapins, il avait mêlé des cyprès, des cèdres du Liban, des mélèzes et même des palmiers et des eucalyptus. Sans parler de différentes espèces d'origine africaine qui poussaient à l'abri dans des serres et qu'il surveillait presque aussi jalousement que le jardinier en chef. En se plaignant de la trop grande variété des arbres, Nathalie venait de lui faire un très beau compliment.

— Les arbres fruitiers vous plairont davantage, ils sont en fleurs.

— Toute la steppe est en fleurs! Par la fenêtre du train on ne voyait que ça! Un pays entier rose et blanc!

Nathalie faisait allusion au trajet en train qui l'avait menée de Petrograd à Volossovo. Deux jours de voyage dans le luxueux wagon privé des Belgorodsky en compagnie de sa mère, de ses quatre petits frères et sœurs, des gouvernantes et des femmes de chambre. Son père, d'autres membres de la famille et ses amis arriveraient aujourd'hui, en fin de journée. On les logerait comme on pourrait, dans les communs ou chez des voisins.

À plusieurs reprises Adichka et Nathalie rencontrèrent des hommes et des femmes qui travaillaient depuis toujours à Baïgora. Adichka se faisait un devoir de les présenter à sa future épouse. Il savait leur nom, leur fonction, leur situation familiale. Parfois il ajoutait à voix basse un commentaire : «Celui-là est un bon à rien. Une proie idéale pour les bolcheviques.» «Le mari et les deux fils de celle-là ont disparu à la fin de l'été 1915. On ne sait s'ils sont prisonniers en Allemagne, comme un million des nôtres... Plus vraisemblablement ils sont morts. Pauvre femme.» «Celui-ci est un fidèle parmi les fidèles. Sans son courage et sa présence d'esprit, je ne sais si on aurait pu mater les émeutes de 1905.»

— Mes petites sœurs m'ont rapporté que vous aviez des biches. Où sont-elles? l'interrompit Nathalie.

33

Adichka crut que ses allusions à la guerre et aux troubles sociaux indisposaient la jeune fille. Il se promit d'évoquer le moins souvent possible la dramatique situation de la Russie ; les milliers de morts, de prisonniers, de blessés. Presque tous les hommes étaient mobilisés et combattaient sur les différents fronts. Grâce à son mariage, Adichka reverrait ses frères Igor et Micha ; ses amis, ses camarades d'étude, ses cousins. Des jeunes gens entre dix-huit et trente ans que la guerre allait faucher. Des jeunes gens qui acceptaient de mourir pour la patrie mais qui s'endormaient en rêvant d'une Russie pacifiée. Certaines de leurs lettres dissimulaient mal leur désespoir.

La main de Nathalie se posa un bref instant sur celle d'Adichka.

— Cette tristesse sur votre visage… Vous vous ennuyez avec moi ? C'est ça, vous vous ennuyez !

Elle semblait inquiète tout à coup. Au point qu'Adichka pensa qu'elle le taquinait à nouveau. Mais il se trompait, Nathalie était sincère.

— C'est moi qui ai peur de vous ennuyer, chère Natacha…

— Nathalie.

— … chère Nathalie… d'être pour vous un mari trop vieux. Vous auriez dû choisir mon plus jeune frère.

L'inquiétude était déjà oubliée. Elle eut un rire très joyeux, très frais.

— Micha ? Mais Micha est marié avec Xénia !

Comme c'est étrange ! Vous êtes le plus âgé et le dernier à vous marier ! Vous allez me dire que c'est parce que vous m'attendiez... Non, ne me dites pas ça, je crois que je devine... Vous observez ce qui se passe autour de vous et vous vous méfiez du mariage !

Elle baissa la voix tandis qu'Adichka, déconcerté, attendait qu'elle poursuive. Nathalie prenait maintenant des airs de conspiratrice.

— J'ai entendu dire que Micha trompait Xénia et que le mariage de votre autre frère Igor avec Catherine battait sérieusement de l'aile ! Pas le plus petit potin, par contre, sur votre sœur Olga. Est-elle heureuse avec son Léonid ? Ils ont quatre petits enfants qui se suivent de près... Mais ça ne veut rien dire, n'est-ce pas ?

Elle parlait vite, avec entrain, et il ne songeait pas à l'interrompre. De l'entendre évoquer ainsi la vie privée de ses frères et de sa sœur le choquait. Chez les Belgorodsky, comme dans la plupart des familles, on avait l'habitude de taire certaines choses. Les frasques de son plus jeune frère, oui, il en avait entendu parler. Mais il s'agissait là d'un excès de jeunesse, d'un trop-plein d'énergie. Et puis Micha était profondément attaché à Xénia son épouse. Le cas d'Igor et Catherine l'inquiétait davantage. Une sorte de mariage forcé. Adichka, en aîné, se sentait responsable de tout et de tous et cela, parfois, lui pesait.

Mais maintenant il y avait Nathalie dont il

n'écoutait même plus les propos tant il était sensible au timbre de sa voix, au parfum fruité qui se dégageait de ses épais cheveux châtains, presque roux à la lumière du soleil. L'amour qu'elle éveillait en lui le transportait. Il avait envie de la remercier, de lui baiser les mains encore et encore. « Tu es ce que j'ai de plus précieux au monde », pensa-t-il. Il savait qu'il lui consacrerait sa vie entière.

Comme si elle sentait la force de cet amour, Nathalie changea de ton. Sa voix devint presque suppliante ; une voix qui rappelait la petite fille qu'elle avait été et qu'Adichka se souvenait avoir rencontrée une première fois lors d'une fête enfantine.

— Nous n'aurons pas d'enfants tout de suite, n'est-ce pas ? J'ai élevé mes quatre frères et sœurs. Je veux de longues vacances.

— Tout sera comme vous le souhaitez.

À l'abri des sapins, dans une prairie tapissée de muguet et de myosotis, on avait construit un enclos. Les unes après les autres des biches sortaient de l'ombre, graciles et délicates. Certaines, plus familières, reconnaissaient Adichka et effleuraient de leur museau humide la main qu'il leur tendait. Les autres, en retrait, les observaient d'un regard méditatif.

De lourdes mèches de cheveux jalonnaient le parquet, les fauteuils les plus proches. L'une avait terminé sa course dans la cheminée, une autre sur le perron. Nathalie, frémissante et tendue, se dressait au milieu du salon une paire de ciseaux de couture à la main. Les cris de désolation de Xénia et Catherine, ses deux futures belles-sœurs, l'amusèrent un court instant puis l'exaspérèrent.

— Taisez-vous, leur dit-elle. On dirait une horde d'oies sauvages !

La douce Xénia obéit aussitôt. Elle tentait de ramasser les mèches de cheveux dont elle ne savait plus quoi faire ensuite. Enceinte de sept mois, elle s'essoufflait vite, peinait à se baisser. L'audace de Nathalie la subjuguait. Elle ne comprenait rien à ce geste absurde. Elle n'aurait même pas su dire si Nathalie était en colère et, si oui, pourquoi ; si elle avait prévu de se couper les cheveux ou si cela avait été improvisé.

Catherine réagissait autrement. Elle jugeait

cette scène théâtrale, provocante et de mauvais goût. Nathalie en se comportant de la sorte rompait avec les convenances, le code de bonne conduite en vigueur chez les jeunes filles. Jamais aucune n'avait osé se couper les cheveux. C'était violent et agressif. Comme si Nathalie s'était directement attaquée à elle, Catherine, et à travers elle à toutes les femmes en général. Son indignation se trahissait par des plaques rouges qui, de plus en plus nombreuses, envahissaient maintenant son visage, son cou, ses épaules. Ces plaques rouges étaient sa hantise. Elle était persuadée qu'on s'en moquait dès qu'elle tournait le dos. Un jour, Olga s'était permis de lui dire : « Ma chère, tu as beau avoir la taille la plus fine et les plus jolis yeux verts de Petrograd, tu es aussi la plus nerveuse ! Poudre-toi si tu veux nous épargner le désordre de tes émotions. » C'était à peine un mois après son mariage avec Igor Belgorodsky. Deux ans s'étaient écoulés depuis et Catherine se sentait toujours une étrangère au sein de sa belle-famille.

— Pourquoi tu as fait ça, Natacha ? demandait Xénia sur le ton tendre et plaintif qui habituellement était le sien.

— Nathalie.

— Nathalie ! Natacha ! Tu es absurde, ma chère ! s'emportait Catherine.

Les deux jeunes femmes encadraient la jeune fille. Celle-ci s'était postée devant la cheminée, face au miroir de Venise, et tentait de donner une forme aux courtes mèches. Son excitation venait de tomber. Elle fixait avec inquiétude ce visage nouveau qu'elle ne reconnaissait pas. Un visage à la fois plus large et plus mince et qui ne ressemblait à rien ni à personne. Ou alors, peut-être, à celui de son plus petit frère, âgé de quatre ans.

— Te voilà bien avancée, c'est ce que tu avais de plus beau, ta chevelure ! poursuivait Catherine.

— Toutes, on te l'enviait ! ajoutait Xénia.

— Ah non, il n'y a rien chez elle que je puisse envier ! Rien !

Les plaques rouges qui s'étaient atténuées revenaient en force.

L'agitation des deux jeunes femmes contribua à calmer Nathalie. Indifférente à leur babillage, elle coiffait en arrière ce qui restait de ses cheveux et s'amusait à prendre des airs et des poses de garçon.

— Bravo ! ma chère, bravo !

La silhouette d'Olga se découpait en contre-jour dans l'embrasure de la porte-fenêtre. Elle venait de ramasser sur le perron une mèche de cheveux. Un seul coup d'œil lui avait suffi pour comprendre ce qui s'était passé.

Olga était une jolie jeune femme de vingt-six ans, douée d'une autorité naturelle qui venait de son enfance à Baïgora, en compagnie de ses trois frères. Même éducation intellectuelle et artistique, même éducation sportive. « J'ai appris à monter à cheval à l'âge de deux ans. Cinq ans plus tard, je chassais avec mes chiens », aimait-elle à rappeler.

Quelques années plus tard, Olga avait entrepris des études de médecine à Petrograd où elle avait rencontré et épousé le comte Léonid Voronsky. Quatre enfants étaient nés de cette union. Mais dès le début de la guerre avec l'Allemagne, elle avait repris son travail d'infirmière. Actuellement, elle dirigeait de main de maître l'hôpital de Sorokinsk et celui de sa famille, construit sur le domaine de Baïgora.

— Cette chevelure que tu viens de sacrifier était ton principal atout, ma chère.

— Justement !

— Et tu nous démontres que tu peux t'en passer ! Quelle belle leçon d'indépendance !

Olga s'exprimait avec l'ironie propre aux Belgorodsky. C'était chez eux une tradition familiale que d'ironiser à propos de tout et de rien. Une façon de s'armer contre les difficultés de la vie, de ne pas se prendre trop au sérieux et de ne jamais s'apitoyer sur soi-même.

Nathalie cherchait une réplique acide qui lui permettrait de croiser le fer avec sa future belle-sœur. Elle s'en mordait les lèvres de dépit. Pouvoir lui répondre, lui faire baisser les yeux, perdre un peu de sa hauteur ! Bientôt Nathalie serait considérée comme l'égale d'Olga. Mais pour l'instant, elle n'en était que la cadette.

— Ses cheveux repousseront vite, plaidait Xénia.

— Pas assez vite pour la cérémonie du mariage.

Olga s'était approchée de Nathalie et l'examinait d'un œil critique. Commenter l'extravagante conduite de la jeune fille ne l'intéressait pas, elle cherchait une solution.

— Nous avons ici un ravissant bonnet en dentelle ancienne. Il suffira d'y coudre des voiles. Et avec les couronnes, personne n'y trouvera rien à redire. Cela t'ira très bien ma chère petite. Très « moderne », très « français » !

Les bruits d'une cavalcade parvinrent jusqu'au vestibule ; une cavalcade d'abord lointaine puis qui se précisa. On entendit le piétinement des sabots sur le sable et les rires joyeux d'Adichka et de Micha, son plus jeune frère. Des serviteurs accoururent pour s'occuper des chevaux.

Tout heureuse d'échapper aux sarcasmes d'Olga, Nathalie courut à leur rencontre.

Des clameurs de surprise saluèrent son apparition. Les deux frères contemplaient la jeune fille aux cheveux sacrifiés sans comprendre s'il s'agissait d'une farce, d'un nouveau jeu ou d'un accident. Elle virevoltait, secouait la tête et feignait une insouciance qu'elle était encore loin d'éprouver.

— Pourquoi avoir fait ça, Nathalie ? protestait Micha. Vous étiez si jolie avec vos cheveux longs !

De peur qu'Adichka, à son tour, lui fasse des reproches, Nathalie riposta du tac au tac :

— Une jolie femme qui s'enlaidit est une femme belle !

Mais heureusement, Xénia, son gros ventre pointé en avant, trottinait dans leur direction. «Micha, Micha, Micha», appelait-elle. Micha la prit dans ses bras et la souleva du sol.

— Ma petite femme, ma lourde et délicieuse petite femme !

Xénia avait toujours en main une mèche de cheveux. Il la lui prit et eut un sifflement admiratif. Puis il enfouit la mèche dans la poche intérieure de sa veste.

— Je vais la mettre dans mon médaillon.

Et comme il craignait que son frère ne proteste :

— Ce sera mon porte-bonheur pour quand je rejoindrai le front. Ne sois pas jaloux, surtout !

— Je ne suis pas jaloux. Je vais faire pareil. Vous voulez bien, Nathalie ? Vous voulez bien veiller sur nous ?

La jeune fille n'avait plus envie de parader ou de provoquer qui que ce soit. Elle regardait les deux frères qui attendaient sa réponse. Comme ils se ressemblaient à cette minute-là ! Micha était blond et Adichka brun. Mais ils avaient les mêmes yeux bleus et fendus ; la même élégance. Elle leur rendit leur sourire.

— J'accepte de veiller sur vous sous forme de médaillon.

On avait fini de dîner. Des servantes achevaient de débarrasser la grande table sous la surveillance du majordome. Elles pouffaient pour un rien, excitées par la nuit qui venait, le parfum des fleurs et la perspective du mariage de leur maître. Toutes l'appréciaient, toutes souhaitaient son bonheur. Mais elles étaient habituées à servir un célibataire aux goûts très simples, facile à contenter et souvent absent. Comment se comporterait la nouvelle épouse ? Sa jeunesse et ses cheveux courts en intriguaient plus d'une. Elle leur semblait beaucoup plus imprévisible qu'Olga qui jusque-là avait fait office de maîtresse de maison.

Les portes-fenêtres du salon gris et jaune étaient grandes ouvertes. Les deux familles et leurs invités se tenaient à l'intérieur et à l'extérieur de la maison, sur la terrasse.

Deux gouvernantes — une Française et une Anglaise — commençaient à regrouper les enfants afin de les envoyer se coucher. Les plus petits dormaient déjà tandis que les plus grands jouaient à la guerre sous la férule de la fille aînée d'Olga et de Léonid : Daphné. Ses sept ans lui conféraient une autorité absolue. Elle distribuait les rôles, choisissait ses lieutenants, excluait du jeu ceux qui tardaient à lui obéir. Même les sœurs de Nathalie, pourtant plus âgées, avaient dû se soumettre. Au point de se coucher dans l'herbe et d'incarner avec une louable bonne volonté « les forces allemandes et japonaises vaincues par la grande Russie ».

— Qu'on achève les prisonniers ! Pas un seul survivant ! ordonnait Daphné.

Les autres enfants firent semblant de tirer.

— Qu'on les achève au sabre !

Une mêlée générale s'ensuivit.

Igor Belgorodsky contemplait la scène avec un mélange d'intérêt et d'amertume. Il songeait à ses amis tués au combat ; à son père mort dès le début de la guerre avec le Japon. Il tenait sur ses genoux son unique enfant, un petit garçon âgé de deux ans, qu'il adorait. L'enfant, tout au bonheur d'avoir son père pour lui, frottait ses joues contre l'étoffe rugueuse de la vareuse militaire. Il jouait avec les boutons dorés et poursuivait à voix basse un incompréhensible babillage. Parfois il s'enhardissait jusqu'à tirer les moustaches et les oreilles de son père.

Celui-ci le laissait faire, heureux. Plus tard, quand l'enfant serait couché, il retrouverait ses soucis, ses tourments. La guerre, bien sûr, qui l'arrachait aux siens, au petit garçon chéri. Mais aussi sa mésentente de plus en plus marquée avec sa femme Catherine.

Catherine prétendait ne pas se plaire à la campagne. C'était toujours elle que les insectes piquaient, que le soleil brûlait. Elle avait trop chaud, elle craignait les courants d'air et l'humidité, la nuit, autour du petit lac. En fait, elle détestait Baïgora et ne se sentait à l'aise que chez elle, à Petrograd, ou dans la villégiature de sa propre famille, aux environs de Moscou. Baïgora la rendait nerveuse et agressive et Igor en souffrait.

— Ne pense pas trop, mon fils.

Maya, sa mère, se tenait devant lui, sereine et affectueuse. Depuis la mort de son mari, elle portait discrètement le deuil. Sa façon de ne pas oublier. Mais jamais elle ne se plaignait ou accusait le mauvais sort. Elle chérissait ses trois fils, sa fille, attentive aux adultes qu'ils étaient devenus, respectueuse de chacune de leur personnalité. Si elle craignait pour leur vie, elle ne le disait pas.

Sa main effleura le front d'Igor. Il reconnut la douceur sèche du toucher, l'odeur de citronnelle. Il n'avait pas besoin de lever les yeux vers elle, il connaissait par cœur le beau visage à l'ovale encore ferme, les lourds cheveux châtains remontés en chignon que de gros peignes en écaille avaient du mal à contenir. Igor aurait voulu dire à sa mère à quel point il l'aimait et comme il regrettait les années heureuses de son enfance ; l'insouciance des étés à Baïgora et ses études studieuses à Petrograd. Mais un officier de l'armée impériale âgé de vingt-sept ans peut-il avouer, même à sa mère, son peu de goût pour l'âge adulte ?

Nathalie ne pouvait pas rester plus de cinq minutes en place. Elle s'asseyait devant le piano blanc, ouvrait le couvercle, le refermait, tournait à toute vitesse sur le tabouret et se relevait d'un bond en chantonnant les premières mesures d'une valse de Chopin. Pour consulter ensuite fiévreusement les différentes partitions de musique. Un peu à l'écart, Adichka lisait une revue de poésie. Au début de leur rencontre, il avait tenté de gagner Nathalie à son amour pour la poésie. Pouchkine bien sûr, mais aussi les nouveaux venus, ses contemporains, les jeunes Alexandre Blok, Essenine et la belle Anna Akhmatova. Mais la jeune fille lui avait répondu que seuls les romans — français, de préférence — pouvaient à la fois l'émouvoir et la distraire. Il s'était promis de ne plus l'importuner avec sa chère poésie russe. Mais il s'était tout de suite réjoui de son goût très prononcé pour le piano. Lui-même jouait du violon. Adichka songeait avec bonheur aux soirées où, demeurés seuls à Baïgora, ils feraient ensemble de la musique.

Nathalie se posa un instant à côté de Xénia qui berçait contre son sein le dernier enfant d'Olga, un placide bébé de huit mois. À ses pieds veillait un cocker aux yeux humides que Nathalie caressait distraitement sans parvenir à écouter ce que lui racontait sa future belle-sœur. Celle-ci, passionnée d'astrologie, parlait thèmes, ascendants et révolution solaire.

La gouvernante anglaise semblait avoir enfin dompté son petit monde. Les uns derrière les autres, les enfants quittaient la prairie et gagnaient le salon pour souhaiter une bonne nuit à leurs parents, tantes, oncles et grand-mère. Mais la rebelle Daphné n'avait pas encore dit son dernier mot.

— La première arrivée au tilleul a gagné !

Elle s'adressait aux deux sœurs de Nathalie, âgées de huit et onze ans, qui avaient docilement accepté de monter se coucher. Maintenant, les fillettes soudain tentées hésitaient.

— J'ai dit qu'on avait fini de jouer, rappela la gouvernante anglaise.

C'était une jeune fille d'une vingtaine d'années entrée récemment au service d'Olga et de Léonid. Malgré sa jeunesse et son russe encore imparfait, elle savait se faire obéir des enfants. Mais ce soir-là, c'était compter sans l'intervention de Nathalie.

— S'il vous plaît, Miss Lucy ! Laissez-nous faire la course jusqu'au tilleul ! Après elles monteront toutes se coucher !

— Une course ! Une course ! scandaient ses deux petites sœurs.

47

— Une seule, concéda Miss Lucy. Mettez-vous en rang et je donnerai le signal du départ.

Au signal convenu, Daphné partit comme une fusée. Elle procédait par élans réguliers, on aurait dit que ses pieds ne touchaient pas le sol. Sûre de son fait, elle se voyait déjà grande gagnante de la course.

Son hurlement de rage se confondit avec le cri de triomphe de Nathalie qui venait de la dépasser et de toucher, la première, le tronc du tilleul. Daphné se jeta sur elle et de ses petits poings fermés se mit à lui marteler la poitrine et le ventre. Nathalie tentait tant bien que mal de se défendre.

— Arrête, tu me chatouilles !

Son rire ne faisait que renforcer la colère de Daphné.

— Tricheuse ! Tricheuse ! Tu es une grande personne, tu aurais dû me laisser gagner !

Elle en pleurait de rage et de déception. Miss Lucy, qui les avait rejointes et séparées, lui rappelait en anglais l'art de savoir perdre et d'être en tout « *a good sport* ».

Nathalie reprenait son souffle, au pied du tilleul.

— Vous avez vu ? J'aurais pu la dépasser tout de suite, mais je lui ai laissé prendre de l'avance ! Les doigts dans le nez, j'ai gagné !

— Menteuse ! Tricheuse ! criait toujours Daphné.

Miss Lucy l'entraînait maintenant de force

vers le manoir où des adultes, alertés par les cris, s'étaient regroupés sur la terrasse. Les deux sœurs de Nathalie suivaient. Sans se l'avouer, elles partageaient l'indignation de Daphné : Nathalie n'aurait pas dû se mêler à leurs jeux. Des années et des années plus tard, devenues à leur tour des femmes, elles en feraient toujours le reproche à leur sœur aînée. Mais Nathalie, jamais, ne se laisserait démonter. Cette course avec les enfants, la veille de son mariage, dans l'allée sablonneuse de Baïgora, restait parmi ses plus beaux souvenirs. Elle avait d'ailleurs décidé, ce soir-là, sous le tilleul, qu'il en serait ainsi.

«Je dois me rappeler cet instant», pensait-elle, à demi allongée dans l'herbe. Elle respirait avec délice le parfum douceâtre de l'arbre et l'odeur poivrée d'un parterre d'œillets. Depuis quelques minutes les cloches de l'église carillon-naient sans que l'on sache pourquoi. C'était joyeux comme un appel à la fête. Une façon de célébrer la nuit, peut-être ?

Au manoir, on avait allumé l'électricité. Au premier étage des ombres s'affairaient en contre-jour : les servantes préparaient les chambres pour la nuit.

Elle ne le vit pas sortir, traverser la terrasse et s'engager dans l'allée. Mais elle reconnut son pas sur le gravier et aussitôt se redressa, les mains tendues en avant pour mieux l'accueillir. Il les prit et les embrassa avec ferveur. Son regard inquiet racontait les quelques minutes durant lesquelles il avait constaté son absence, puis l'avait cherchée; son sourire la joie de l'avoir retrouvée. Elle pensa qu'il allait la prier de ne pas se promener seule la nuit mais il n'en fit rien.

Ils s'engagèrent plus en avant dans l'allée, tournant le dos à leurs familles. Ils marchaient lentement, d'un même pas, attentifs aux cris des derniers oiseaux, aux aboiements lointains des chiens, au tintamarre encore hésitant des crapauds.

Soudain des voix mélodieuses s'élevèrent dans la nuit et Adichka pressa le pas dans leur direction.

L'église se trouvait plus loin et se détachait toute blanche sur le fond sombre de la jeune forêt de sapins. La lune éclairait les trois coupoles bleues et leurs fines croix d'or. De la porte restée ouverte, sortait un chant large, profond, composé uniquement de voix d'hommes et d'enfants. C'était le chœur qu'avait formé Adichka en faisant venir exprès de Petrograd les chanteurs les plus aptes à éduquer musicalement certains de ses paysans. Il se retint de raconter comment il avait lui-même auditionné ceux qui disposaient naturellement d'une belle voix; l'attention avec laquelle il suivait leurs progrès; sa fierté quand on lui disait que le chœur, maintenant, pouvait rivaliser avec les meilleurs de la capitale. En réponse au regard interrogatif de Nathalie, il répondit seulement :

— Ils répètent les chants de notre mariage.

— À cette heure?

— Les paysans ont travaillé tard aux champs, aujourd'hui. Nous devons profiter de ces belles et longues journées pour semer, récolter, irriguer.

Il fut touché de la sentir si attentive, si prête à apprendre de lui tout ce qu'elle ignorait.

— Bientôt la vie à la campagne n'aura plus de secrets pour vous.

Ils restèrent un moment près de l'église à écouter les chants religieux pleins de joie et d'espérance. Les voix s'étaient si bien fondues que la musique semblait naître d'une seule bouche, d'un seul souffle. À voix basse, Adichka racontait les icônes dont certaines venaient de Kiev; la cloche sur laquelle son grand-père avait fait graver : «Dans les tempêtes de neige, je sauve les gens.» Puis il rappela qu'à la maison, peut-être, leurs familles les attendaient.

Le manoir, au loin, resplendissait. Grâce au générateur, il y avait de l'électricité à Baïgora et les Belgorodsky avaient très vite pris l'habitude d'éclairer toutes les pièces : cela ajoutait encore au prestige du domaine même si cela passait aussi pour un gaspillage inutile et tape-à-l'œil. Pour Adichka c'était surtout une façon de montrer à sa future femme qu'elle n'aurait rien à envier au confort raffiné de Petrograd.

Quelque chose tracassait Nathalie tandis qu'ils approchaient du manoir.

51

— L'église possède-t-elle une crypte?

— Oui. Nous irons nous y recueillir dès demain. Mon père y est enseveli, le saviez-vous?

Nathalie fit non de la tête. Des images fugitives et glacées lui revenaient en mémoire: un bâtiment détruit par le feu et l'eau... d'immenses et maigres corneilles dont elle crut, une seconde, réentendre les cris... Quel rapport y avait-il entre les ruines de son rêve et la charmante église où répétait le chœur?

— Et pour nous? Qu'avez-vous décidé pour nous?

— Quelle étrange question, Nathalie. Comment pouvez-vous avoir d'aussi graves pensées, un pareil soir?

Une silhouette à cheval apparut au loin, à la lisière de la forêt. L'homme galopait en direction du manoir, sautant plusieurs haies, coupant à travers la prairie. La perfection de son style, son audace, renseignèrent aussitôt Adichka.

— Mon petit frère, dit-il tendrement. Personne ne connaît les chevaux comme lui.

Micha ralentit aux abords du manoir et passa au trot devant la terrasse. Ses trois lévriers barzoïs couraient autour de lui. C'étaient de grands chiens racés qui l'escortaient partout et toujours quand il montait à cheval. Micha chantait à tue-tête sa joie de vivre, l'ivresse de cette nuit de printemps.

Près d'Adichka et Nathalie, il ralentit de manière à leur faire admirer l'allure légère, presque dansante, de l'alezan. Un simple petit coup de talon et l'alezan et les barzoïs repartirent à fond de train dans un nuage de sable et de gravillons.

— Je vais réveiller toute la forêt! hurlait Micha.

Le mariage avait été célébré dans la ferveur et l'allégresse. Les familles, les amis, les serviteurs et les paysans s'étaient pressés dans l'église, puis aux fêtes qui suivirent la cérémonie. On dansa beaucoup, on oublia un moment la guerre et les rumeurs de révoltes et de soulèvements. Enfin, chacun s'en retourna chez soi.

Maya Belgorodsky avait tenu à rester vingt-quatre heures de plus à Baïgora avec les siens. En ces temps difficiles, il lui semblait nécessaire de prolonger le lien très fort qui l'unissait à ses enfants. Olga, Adichka, Igor et Micha respectaient et approuvaient ce désir. L'amour constant de leur mère continuerait à les protéger au-delà de la séparation, à Moscou, à Petrograd et sur les champs de bataille.

Mais l'heure était venue et les calèches qui devaient les conduire à la gare de Volossovo attendaient devant le perron. Tous étaient réunis dans le grand salon, autour de l'Icône, celle-là même avec laquelle Maya avait béni

Nathalie et Adichka alors qu'ils n'étaient que fiancés ; celle-là même encore, disait-on, qui avait sauvé le manoir lors d'un incendie, en 1907. Comme le voulait la tradition, ils laissèrent passer quelques minutes, silencieux, recueillis.

Puis Maya la première se releva et traça le signe de la croix sur le front de chacun. En haut des marches du perron, elle étreignit longuement, une dernière fois, Nathalie.

— Veille bien sur mon Adichka, tu as épousé le meilleur des hommes.

Nathalie embrassa ensuite ses beaux-frères et belles-sœurs. Tous eurent pour elle des mots affectueux destinés à l'encourager dans ses nouvelles fonctions.

— Te voilà maintenant maîtresse de Baïgora, conclut Olga. Je suis sûre que tu sauras parfaitement me remplacer. Sois juste mais ferme avec nos gens. Ne laisse pas les idées révolutionnaires contaminer les esprits et fais-toi respecter.

— Ainsi soit-il, plaisanta Micha.

Il sortit de sous sa chemise un médaillon en or frappé du sceau des Belgorodsky, le porta à ses lèvres et fit un clin d'œil complice à Nathalie.

Savoir qu'un peu d'elle-même sous la forme d'une mèche de cheveux avait maintenant pour mission de protéger le plus jeune des Belgorodsky convenait très bien à la jeune femme. Une façon de participer à la guerre, en quelque sorte. Et un court instant elle s'imagina, héroïque dans la mitraille, en train de se battre contre les Allemands et les Autrichiens.

Mais déjà la vie réelle reprenait. Un messager à cheval tendait à Adichka un pli scellé.

Une expression soucieuse assombrit son visage tandis qu'il lisait, un peu à l'écart. Dans un geste qui lui était coutumier, Adichka caressait distraitement son court collier de barbe, concentré et sévère. Enfin il se décida à répondre aux regards inquiets de Nathalie.

— Les paysans se sont révoltés à Semionovka. Ils ont brûlé des granges et séquestré le régisseur. Il semblerait qu'ils soient conduits par des agitateurs étrangers au district… Des déserteurs, sans doute… Je vais aller sur place et voir ce que je peux faire…

Et parce qu'il la vit frémir :

— Ne craignez rien, Nathalie. J'ai toujours su leur parler.

— Je n'ai pas peur.

Elle mentait crânement, tendue par le désir de le soutenir en tout. Il fut ému par ce courage si neuf et si fragile. Par ce calme apparent qu'un imbécile aurait pu prendre pour de l'indifférence.

— Ton amour me protège, dit-il doucement.

Et sur un autre ton, plus froid, plus sec, que Nathalie prendrait très vite l'habitude de reconnaître, tant il lui évoquait l'ancien officier du tsar :

— Semionovka est à une trentaine de kilomètres. Ne m'attends pas pour dîner.

Au loin, on ne voyait plus les calèches, mais
un peu de poussière dorée subsistait encore
dans l'air tiède et parfumé. C'était une journée
douce et paisible, en tout égale aux cinq autres
que Nathalie venait de passer à Baïgora. Elle
porta alors son attention sur les lilas mauves,
blancs et violets sur le point d'éclore. Cette nuit
ou demain ils fleuriraient et leur parfum entê-
tant et sucré lui évoquerait Petrograd, ses parcs
et ses jardins. Le ciel se couvrait de petits nuages
roses.

Le torse déchiré, les membres supérieurs brisés, l'homme vivait encore. De sa bouche demeurée intacte s'échappaient des plaintes et des cris. Autour, un attroupement de plus en plus nombreux se forma.

Nathalie, qui se trouvait dans l'étable occupée à recenser les veaux nouveau-nés, fut alertée par une servante. Elle vit d'abord un pan de mur effondré et un homme qui vociférait pour attirer l'attention. À côté, des paysans et des ouvriers agricoles entouraient quelqu'un — ou quelque chose, Nathalie ne pouvait rien distinguer.

Mais quand elle fut près d'eux, beaucoup s'écartèrent et la jeune femme fut brusquement poussée vers l'homme blessé. La vue du sang, de la chair en bouillie, du visage déformé par la souffrance, lui arrachèrent un cri d'horreur. Elle s'évanouit.

Quand elle reprit conscience, Nathalie se trouvait à l'écart de la foule, à la lisière du petit bois de bouleaux. Deux prisonniers de guerre allemands confiés à la garde d'Adichka l'avaient transportée et déposée dans l'herbe. À les voir ainsi penchés sur elle, attentifs, un peu effrayés, Nathalie en conçut une honte affreuse.

Quelques jours auparavant, déjà, elle s'était évanouie. C'était à l'hôpital où elle s'efforçait de seconder les infirmières. Malgré sa bonne volonté, son désir sincère de se conformer à ce qu'on attendait d'elle et les encouragements de tous, elle n'avait pas supporté le sang, la douleur. Olga revenue passer l'été à Baïgora avec ses enfants avait tenté de la rassurer : elle s'habituerait, il fallait juste qu'elle persiste dans ses efforts. N'était-ce pas son premier devoir que d'aider les autres ?

Nathalie accepta la main que lui tendait le plus jeune des prisonniers allemands. « Merci », leur dit-elle dans un murmure. Et parce qu'ils semblaient indécis : « Je vais très bien, c'est la chaleur. » Elle s'était exprimée dans leur langue et ils lui en furent reconnaissants. Ils proposèrent alors de l'escorter jusqu'au manoir mais elle refusa : « Reprenez votre travail aux écuries », dit-elle d'une voix redevenue ferme. Par instants, Nathalie savait qu'elle avait le ton juste, le ton « maîtresse de Baïgora ». Par instants, seulement. Elle marcha en direction du groupe de paysans et d'ouvriers.

Des femmes étaient accourues. Leurs cris et leurs larmes tranchaient sur le silence des hommes. Elles désignaient du poing le mur effondré et le blessé qu'on avait déposé sur une civière de fortune.

Nathalie perçut alors quelque chose d'étrange, d'inédit, flotter autour du groupe. Cela avait à voir avec la colère. Une colère rentrée, muette, mais qui se précisait au fur et à mesure qu'elle se rapprochait d'eux. Elle s'efforça de les regarder en face. Mais la plupart des visages se détournaient ou alors les yeux se baissaient. Il n'y avait plus trace chez ces gens de l'indifférence paresseuse qu'ils lui témoignaient d'habitude et, pour la première fois depuis son installation à Baïgora, Nathalie eut peur.

Une peur qu'elle parvint à contenir en s'efforçant de ne pas presser le pas, de ne pas s'enfuir brusquement en courant. Elle leur tournait le dos mais il lui semblait que tous, maintenant, la regardaient. Les femmes s'étaient tues. Le silence était devenu tel que Nathalie entendait le bourdonnement des abeilles dans les parterres de fleurs ; la brise qui agitait les feuilles des jeunes peupliers. Puis le manoir apparut avec ses briques vertes, sa terrasse fleurie. À côté, sur la prairie, à l'ombre des grands arbres, on avait installé les délicats meubles en rotin réservés aux beaux jours, les chaises longues. Une nounou nourrissait à la cuillère le dernier-né d'Olga tandis que la gouvernante anglaise surveillait les deux autres. Où était donc l'intrépide petite Daphné ?

Et Nathalie oublia l'accident, la colère muette des ouvriers et des paysans.

Mais plus tard, quand elle se rappela cette journée, elle s'accusa d'avoir manqué de compassion et de présence d'esprit. Elle aurait dû s'occuper personnellement du blessé, enquêter sur les circonstances de l'accident, comprendre le pourquoi du mur à demi effondré. Elle aurait dû aussi s'inquiéter de sa famille, réconforter l'épouse, les enfants. Au lieu de cela elle s'était évanouie, puis détournée. Pour jouer ensuite au tennis jusqu'à l'heure du dîner. Maya aurait su, elle, ce qu'il convenait de faire. Mais un peu plus d'humanité aurait-il changé quoi que ce soit aux événements terribles qui se préparaient et dont elle ne comprenait pas les signes prémonitoires?

21 juillet 1916

À Sorokinsk, nouvelles réunions de la commission de mobilisation que je préside. L'élan patriotique du début de la guerre n'est plus qu'un lointain souvenir. Les hommes refusent de s'engager. J'ai dû dénoncer à la police des déserteurs dont trois travaillaient sur mes terres. Les moissons sont terminées.

22 juillet 1916

Oleg, le nouveau régisseur conseillé par la famille de Nathalie, est là depuis une semaine et le courant ne passe toujours pas entre lui et les paysans. Maman, Xénia et ses deux petits arrivent demain. Réunions à Sorokinsk, Vorinka et Volossovo.

25 juillet 1916

Nous nous sommes tous baignés dans la rivière. Les enfants pêchent des écrevisses. J'ai eu la visite de Youri dont les connaissances scientifiques me sont précieuses. J'ai l'intention de consacrer plusieurs arpents de terre vierge à la constitution d'une réserve de plantes, d'oiseaux et d'animaux pour sauvegarder les espèces menacées de disparition par l'extension des cultures. Baïgora doit devenir aussi un lieu « créatif ».

26 juillet 1916

Les taureaux achetés en Suisse sont arrivés hier. Ils sont paisibles et gentils comme l'étaient au début certaines de nos vaches, suisses elles aussi. Maintenant elles sont violentes et bagarreuses. Le climat russe ? Nathalie en est persuadée. Réunions des propriétaires fonciers à Galitch. Tous sont contre la redistribution des terres mais pour les réformes agraires. Lesquelles ? Impossible de se mettre d'accord. Grande confusion.

2 août 1916

L'hôpital a cinq lits de plus, ce qui fait dix-sept en tout. Nous avons engagé une nouvelle sage-femme choisie par Boris notre médecin chef.

Comme l'été dernier, un des chanteurs du célèbre chœur d'Arkhangelsk est arrivé de Petrograd pour diriger notre chœur villageois. Quelques désordres dans deux provinces voisines, vite maîtrisés. Chez nous, tout est calme.

Xénia berçait tendrement son nouveau-né et lui chantonnait le refrain d'une berceuse populaire. Elle était émerveillée d'avoir mis au monde un petit garçon blond aux yeux bleus qui, à six semaines, ressemblait déjà tant à son père. « Les yeux bleus des Belgorodsky », s'était écrié fièrement Micha. « Tous les bébés ont les yeux bleus », avait répondu sa sœur Olga. Mais Micha ne voulait rien entendre. Son fils aurait ses yeux bleus, sa joie de vivre, son amour des chevaux. Il deviendrait le meilleur des cavaliers, un éleveur de prestige, un officier de la garde personnelle du tsar. Il l'appela Pétia en souvenir d'un de ses plus chers amis de collège assassiné par des soldats mutins, près de la frontière polonaise, trois mois auparavant.

L'après-midi s'achevait et il faisait encore très chaud sous les grands arbres où Xénia se tenait en compagnie de Maya, de la gouvernante anglaise et de quelques voisines venues passer la journée à Baïgora. On buvait du thé et de la citronnade ; on mangeait des prunes et des framboises à la crème.

Les conversations allaient bon train. On y évoquait dans le désordre l'état des récoltes, la fin d'une brillante saison théâtrale à Petrograd, les nouvelles naissances et les rumeurs de fiançailles, la qualité des chants du chœur villageois.

On envisageait aussi la possibilité d'une paix séparée avec l'Allemagne et les sentiments divers, souvent contradictoires, que cela soulevait chez chacun.

On échangeait surtout des nouvelles des parents et amis engagés dans la guerre ou chargés de réprimer les révoltes paysannes et ouvrières. Le nombre des morts et des disparus augmentait chaque jour, de plus en plus de familles portaient le deuil de l'un des leurs. Était-ce l'exemple de Maya ? Aucune des femmes présentes ne se laissait aller au désespoir. On s'efforçait même à l'optimisme, à la légèreté. On rappelait la nécessité de s'engager dans la Croix-Rouge. Les filles du tsar elles-mêmes s'étaient portées volontaires dans différents hôpitaux de la capitale et leurs photos, en uniforme d'infirmière, étaient à l'origine de bien des vocations.

Les plus jeunes enfants jouaient dans l'herbe sur les couvertures étalées à leur intention. Les autres, à peine plus âgés, couraient dans le parc menés par une Daphné déchaînée que secondaient docilement les deux sœurs de Nathalie. Son autorité était telle que même les petits garçons avaient fini par se soumettre. De temps en temps l'un d'entre eux revenait bouder auprès de sa mère : Daphné l'avait exclu, maltraité, humilié. «Apprends à te défendre seul, répondait Maya. Apprends à ne pas rapporter.» Toutes ces présences enfantines lui redonnaient espoir. Leur vitalité et leur insouciance étaient comme la promesse d'une Russie meilleure, enfin pacifiée. Aussi invitait-elle sans distinction les enfants des voisins et des paysans à se joindre aux siens.

Seule Xénia ne participait pas à la conversation. Son amour pour le nouveau-né l'absorbait tout entière. Elle ne se lassait pas de le palper, de guetter ses sourires et de lui murmurer des mots doux et des bribes de chanson. Parfois son regard le quittait et cherchait parmi le groupe des enfants sa petite fille de trois ans prénommée Hélène.

Hélène, déjà, manifestait un esprit frondeur et indépendant qui souvent la désarmait. Elle répugnait à rester auprès de sa mère, de sa nurse. Elle vénérait son père. À deux reprises elle était partie à sa recherche en suivant l'empreinte des sabots de son cheval. Un paysan l'avait trouvée en lisière de la forêt de sapins, perdue mais nullement effrayée ; une autre fois auprès du petit lac où elle aurait pu tomber et se noyer. Il avait fallu la ramener de force au manoir.

Pour l'instant, la petite Hélène se tenait à

l'écart des autres enfants, sous le grand chêne dit «d'Adichka», un livre d'images à la main. Elle ne savait pas lire mais imitait à la perfection la concentration d'une lectrice adulte. Xénia se promit de ne jamais lui préférer le petit Pétia et se mit à rêver à ses futurs enfants. Elle en désirait au moins quatre, comme Olga.

L'après-midi s'achevait. Une journée d'été comme les autres, chaude et paisible. On se sentait très loin des émeutes révolutionnaires dont parlaient les journaux. Quelques amorces de soulèvement avaient eu lieu dans le district, vite réprimées.

À Baïgora, à deux reprises, les paysans s'étaient réunis pour exiger des parcelles de terrain supplémentaires, une amélioration de leurs conditions de vie. Adichka s'était longuement entretenu avec eux. Il savait les écouter comme il savait leur parler, transiger et se prêter ensuite aux accommodements nécessaires. Sa fermeté, sa loyauté et sa profonde connaissance des problèmes de chacun lui assuraient un pouvoir jusque-là jamais contesté.

Maya disait qu'il avait aussi «le don de se faire aimer».

Elle en parlait en connaissance de cause. Autrefois, elle avait connu la propriété dirigée par le grand-père d'Adichka, le prince Constantin Belgorodsky. Elle avait admiré son esprit novateur dans des domaines aussi différents que l'élevage des chevaux de course, le reboisement, la lutte contre l'alcoolisme et l'illettrisme. N'avait-il pas fait construire dans un même mouvement l'école, l'église et l'hôpital? Mais il était fermé à toute autre réforme, violemment opposé aux nouvelles idées qui prêchaient une plus juste égalité entre les hommes.

Personne, dans la région, n'avait oublié comment il avait écrasé une tentative de soulèvement populaire en faisant appel à l'armée. Dans le régiment venu en renfort combattait son propre petit-fils, Igor, âgé de dix-huit ans.

Les combats n'avaient pas duré longtemps mais ils firent des morts des deux côtés. Puis il y eut les exécutions. Des paysans furent fusillés et pendus sans même un simulacre de jugement. Maya savait que ces souvenirs sanglants hantaient toujours la mémoire de son fils Igor.

Igor ne pouvait oublier cette terrible soirée d'août 1905 où il avait assisté à la pendaison d'une dizaine d'hommes parmi lesquels se trouvaient certains de ses amis d'enfance; leur visage suppliant; la haine et la douleur des familles. Il s'était alors juré de choisir n'importe quelle carrière pourvu qu'elle ne fût pas militaire et s'était tourné vers l'administration. D'ailleurs, il n'avait pas eu le choix. Grièvement blessé au poumon, il avait été déclaré inapte à servir. Mais en 1914, quand la guerre avec l'Allemagne éclata, Igor organisa puis dirigea un régiment sanitaire mobile présent sur les lieux les plus exposés. Comme des millions de jeunes Russes, il fut emporté par un formidable élan patriotique. Défendre la patrie devint alors le seul choix, celui auquel tous se rallièrent. Au point que l'on crut un moment l'ardeur révolutionnaire éteinte, brisée.

Mais les rapides désastres militaires, les défaites, les milliers de morts et de prisonniers rompirent l'union. Sans cesse il fallait lever de nouvelles troupes. À la fin de l'été 1915, les armées allemandes contrôlaient la Pologne, la Galicie et plusieurs provinces baltes.

À la tête de son régiment sanitaire, Igor combattait sur plusieurs fronts, aussi bien à l'intérieur qu'à l'extérieur de la Russie. Il avait trouvé là le moyen de servir son pays sans verser une goutte de sang. Sauver des vies humaines au lieu de réprimer des grèves et des soulèvements populaires l'aidait peut-être à oublier les tueries d'août 1905. Mais de cela, il ne parlait jamais.

Maya s'inquiétait de le voir si renfermé sur lui-même, si seul. Enfant, déjà, il avait l'habitude de se taire. Pourquoi ressemblait-il si peu à Olga, Adichka et Micha? Maya avait compté sur l'amour d'une femme pour le sortir de ce silence. Et il avait épousé Catherine dont il n'y avait rien à dire sauf qu'elle ne lui convenait pas.

Elle était encore à Petrograd, inventant chaque semaine un nouveau prétexte pour retarder sa venue à Baïgora. Igor et son régiment se trouvaient près des frontières polonaises. Maya n'avait pas reçu de courrier depuis plusieurs jours, mais ne s'inquiétait pas : Igor écrivait peu. Adichka, à l'inverse, quand ils étaient séparés, lui envoyait chaque jour une longue lettre, si détaillée, si tendre, qu'elle le croyait pour quelques heures présent à ses côtés.

Parce que Maya s'était tue, les conversations ralentirent. On se laissait aller à rêver, à profiter du moindre souffle de vent. Deux voisines âgées s'étaient endormies dans leur fauteuil, la bouche grande ouverte. Cette langueur de fin d'après-midi gagnait aussi les petits enfants sur la couverture : on ne les entendait plus. Une fraîche odeur d'herbe coupée rappelait que les paysans avaient commencé de faucher les grandes prairies adjacentes au manoir.

Nathalie, en robe claire, un sécateur et un panier à la main, achevait de couper des roses pour ses invités. Ses cheveux avaient poussé de quelques centimètres et lui encadraient joliment l'ovale du visage. Malgré le port constant d'un chapeau de paille, sa peau avait perdu de sa pâleur citadine. Brunie par le soleil, amincie, elle semblait encore adolescente. Elle charmait les uns et irritait les autres. Mais c'était la princesse Belgorodsky, la maîtresse de Baïgora et tous s'inclinaient. Sa jeunesse déconcertait : «Adichka a épousé une enfant», entendait-on parfois. Et Nathalie, il est vrai, ne semblait pas pressée de se joindre au groupe des épouses.

Elle jouait au tennis comme un garçon,

accompagnait son mari à cheval, lisait, faisait de la musique, prenait ici et là quelques initiatives.

La roseraie dans laquelle elle se trouvait était son œuvre. Elle l'avait conçue en cachette d'Adichka, de manière à lui en faire la surprise. Située au bord du potager principal, la roseraie supprimait un chemin que les paysans utilisaient pour rejoindre le village le plus proche. Privés de leur raccourci, ils jugèrent sévèrement la roseraie et leur maîtresse. Certains, de nuit, piétinèrent les premières plantations. Un enfant lança sur Nathalie une pierre qui la blessa au bras gauche. À la vue de son sang, la jeune femme fut sur le point de renoncer à son projet ou du moins de le transposer ailleurs. Mais céder à des menaces n'était pas dans sa nature. Elle affronta l'hostilité des paysans comme elle aurait affronté celle de n'importe qui : avec insouciance et sûre de son bon droit. Mis au courant du conflit, Adichka choisit de ne pas la désavouer. Mais il lui fit promettre de ne plus rien entreprendre sans le consulter.

Nathalie fit un détour pour éviter le groupe des femmes et des enfants. Elle avait passé la journée dehors, canoté sur le petit lac avec ses sœurs, visité du bétail et jardiné. Elle était sale, les bras et les mains griffés par les épines. L'ourlet de sa robe pendait à demi déchiré et elle avait perdu les lacets de ses bottines. Elle avait beaucoup transpiré.

En contournant le manoir par l'arrière, elle

entendit les plaintes d'un violon. Adichka avait fini sa journée et faisait de la musique. Sa façon à lui d'oublier pour un moment les soucis et de retrouver un peu de liberté. Après seulement il serait en mesure de s'occuper des siens.

Nathalie s'avança sans faire de bruit jusqu'au bureau de son mari situé au rez-de-chaussée, près des cuisines. La fenêtre était grande ouverte.

Adichka lui tournait le dos et jouait, son violon calé entre l'épaule et le menton. Il maniait l'archet tantôt avec fougue, tantôt avec délicatesse. Une émotion immédiate serra le cœur de Nathalie.

Ce bureau si austère avec ses murs recouverts de livres, de dossiers et de classeurs tout d'un coup s'animait et devenait accueillant. Une grâce à la fois fragile et terrienne se dégageait d'Adichka tandis qu'il jouait. « Que je l'aime », pensait Nathalie. Elle aurait voulu le lui crier.

Comme attiré par sa présence, il se retourna à demi. La vision de Nathalie à contre-jour le bouleversa. Il la trouvait si belle avec son chapeau de paille, son panier de roses ; si touchante dans ses vêtements froissés. Les mains aux ongles noirs lui arrachèrent un sourire et il aima les taches de framboise autour de la bouche. Il cessa de jouer.

— Tchaïkovsky, *Concerto pour violon*, dit-il. Beaucoup trop russe pour ton goût.

Elle comprit la tendresse qui se cachait derrière ces paroles faussement moqueuses et riposta sur le même ton.

— *Concerto pour violon,* oui, mais sans son orchestre...

Et parce qu'elle ne résistait pas au plaisir de lui montrer ses nouvelles connaissances acquises auprès de lui et pour lui :

— En *ré* majeur, opus 35.

Le jeune couple semble tout ignorer du reste du monde. Lui s'encadre dans le chambranle d'une fenêtre, un violon dans une main, un archet dans l'autre. Il est de taille moyenne et porte une vareuse militaire usée comme on en voyait beaucoup dans les années 1910. Une barbe très courte, foncée, suit les contours du menton et des joues. Elle dissimule mal un bas de visage un peu rond, enfantin et qui — si on le regarde attentivement — contraste avec l'austérité involontaire du reste du visage, l'acuité du regard.

De l'autre côté de la fenêtre, dans le jardin, une jeune femme vêtue d'une robe blanche, un panier rempli de roses posé à ses pieds, se dresse de profil. Un chapeau de paille rejeté en arrière met en valeur un grand front, un nez et un menton très dessinés.

Une lumière dorée d'été auréole le couple de part et d'autre de la fenêtre et ce qu'on devine de la pièce intérieure, de la maison et du jardin.

La photo sépia, plus grande que les précédentes, occupe à elle seule une page de l'album. Une main l'a soigneusement légendée : oncle Adichka et tante Nathalie, Baïgora, juillet 1916. D'autres photos renforcent cette impression de bonheur calme et champêtre.

On y voit des femmes et des enfants à l'ombre de grands arbres, sur une prairie. Un chêne immense sous lequel dorment trois lévriers barzoïs. On reconnaît Adichka, les poings sur les hanches qui discute avec un paysan en chemise traditionnelle au centre d'un troupeau de vaches. Deux jeunes hommes posent à cheval. L'un est en civil, l'autre en uniforme militaire. Derrière eux un perron encadré de lauriers, une terrasse, un bout de maison en brique.

Des scènes de la vie quotidienne s'animent alors page par page, photo sépia par photo sépia. La même main appliquée s'efforce de préciser chaque fois de qui il s'agit.

Mais de nouveau une grande photo occupe toute une page. C'est un traditionnel portrait de famille où tous s'alignent en fixant l'objectif, dans ce qui semble être un salon. En dessous, on peut lire : tante Nathalie, papa, tante Olga, maman, oncle Igor, grand-mère, oncle Léonid, tante Catherine, oncle Adichka et cette date, toujours la même : Baïgora, août 1916.

Sur la page de droite, un autre portrait, fait en plein air, de part et d'autre d'un grillage. Des biches délicates se pressent les unes contre les autres et contemplent langoureusement des petits enfants qui leur tournent le dos et fixent, grognons, butés ou en larmes, le photographe. Ils sont au nombre de sept, disposés en rang d'oignons, assis dans l'herbe ; trois petites filles, deux petits garçons, encore une petite fille et puis, un peu en retrait, une jeune nurse souriante, un nouveau-né dans les bras. Au bas de la page, ces prénoms : Daphné, moi, Sonia, Marina, Dimitri, Serge, Miss Lucy et Pétia.

Ce bébé au visage enfoui dans les dentelles, c'est mon père. La deuxième petite fille, sa sœur, ma tante Hélène.

En tournant une nouvelle page je la retrouve petite silhouette pataude plantée devant un lac entouré de saules pleureurs. Son regard est sans ambiguïté : c'est une enfant qui refuse de faire du charme, de séduire.

Sur une autre photo, elle tient entre ses bras son petit frère âgé de quelques semaines. Ici encore, elle ne sourit pas. Elle serre le bébé comme s'il lui appartenait. Son regard intense veut prendre le monde entier à témoin : c'est son petit frère, elle seule saura le protéger.

Ils occupent le premier plan de la photo. Derrière, des silhouettes d'enfants et de jeunes femmes se dirigent vers le lac. Un paysan pousse une barque en direction de l'eau.

Le paysan qui tirait la barque en direction du petit lac s'arrêta pour reprendre son souffle. Une douleur aiguë au niveau du cœur l'empêchait de respirer à fond. Il avait l'impression de manquer d'air, de s'enfoncer dans un terrain boueux, comme trempé par les pluies. Mais l'herbe était sèche, brûlée par endroits. La barque lui semblait exagérément lourde. Une rame se détacha sans qu'il s'en rende compte et s'immobilisa dans les racines d'un saule pleureur. La douleur se propageait maintenant au-delà de l'épaule gauche.

Autour, les enfants criaient d'impatience. On leur avait promis une promenade en barque et ils réclamaient leur dû. Leurs voix se mélangeaient dans un bourdonnement confus qui tantôt augmentait, tantôt diminuait. L'homme sentait ses forces l'abandonner. Dans un éclair de lucidité, il comprit qu'il était en train de mourir. Ses lèvres esquissèrent les premiers mots d'une prière. Puis ses mains lâchèrent la barque, son corps parut hésiter et il s'affaissa lourdement dans l'herbe. Au-dessus, les feuilles argentées du peuplier frissonnèrent une dernière fois pour lui.

L'homme s'appelait Vania. Il était né à Baïgora et avant lui son père et son grand-père. Il avait été gravement blessé lors de la guerre avec le Japon alors qu'il combattait sous les ordres du père d'Adichka.

C'est en se portant à son secours que Vania avait reçu un coup de sabre dans la poitrine. Il avait ensuite vu son prince mourir d'une balle en plein cœur. Malgré les blessés, les cadavres, les agonisants et les corps éventrés des chevaux, il avait pu se traîner jusqu'à lui et lui fermer les yeux. C'était lui encore qui avait veillé à ce que sa dépouille soit ramenée en train à Moscou, puis à Volossovo pour être ensevelie dans l'église de Baïgora.

Les enfants croyaient à un jeu et s'efforçaient de le relever. Ils le tiraient par sa veste, tentaient de le faire rouler de côté, s'empêtraient les jambes, tombaient les uns sur les autres, hurlaient de rire. Un petit garçon s'empara de la casquette et menaça de l'envoyer dans l'eau.

— Vania, exigeait Daphné, tu n'as pas le droit de faire semblant de dormir. Tu dois nous conduire en barque!

De dépit, elle lui décocha un coup de pied dans l'épaule. La tête jusque-là dissimulée dans les hautes herbes roula de gauche à droite et de droite à gauche, lentement, comme pour mieux se faire voir des enfants.

Ils aperçurent les yeux grands ouverts et fixes, le rictus qui tordait la bouche. Ils cessèrent de rire : le jeu prenait tout à coup une tournure étrange, un peu effrayante, qui les déconcertait.

Tatiana et Alexandra, les deux sœurs de Nathalie et les aînées de la bande, les premières crurent comprendre.

— Il est mort, hasarda l'une.

— Il faut se découvrir, dit l'autre répétant ainsi une phrase entendue lors de l'enterrement d'un de ses oncles.

Les enfants enlevèrent leur chapeau de paille et se reculèrent. Regroupés en demi-cercle, dévorés de curiosité, ils ne se lassaient pas de contempler celui qui avait été leur compagnon de jeu préféré mais aussi leur gardien et leur souffre-douleur. Ils voyaient enfin pour de vrai ce que les adultes ne cessaient d'évoquer dans leurs conversations : la mort.

Des années et des années plus tard, Tatiana devenue adulte racontera : « Nous n'avions pas eu peur, au bord du petit lac. Nous étions juste tristes de perdre Vania que nous aimions. Il y avait beaucoup de liens entre la famille de Vania et les Belgorodsky. Il eut droit à de très belles funérailles. C'est après que nous avons commencé à avoir peur… quand les morts se sont ajoutés aux morts… »

Pour la plus grande joie de leurs invités réunis dans le salon, Nathalie et Adichka avaient interprété la sonate numéro 5 de Beethoven, *Le Printemps*.

Elle était au piano, lui au violon. Au fil des semaines, ils avaient appris à s'écouter, à s'accorder. C'était leur premier concert en public et ils venaient de jouer avec un naturel et une simplicité tels qu'ils avaient parfois donné l'impression d'improviser. Y en avait-il un qui dirigeait l'autre? Personne n'aurait su le dire. On les avait longuement applaudis, puis on était passé aux ballades et aux chansons.

Xénia avait une très jolie voix. Elle chanta avec beaucoup de sentiment des romances russes traditionnelles. Puis, en duo avec Bichette Lovsky, le début d'une mélodie de Rossini. Bichette, dont le grand domaine agricole jouxtait Baïgora, avait gardé une fois devenue adulte ce surnom d'enfance à consonance française. Elle avait épousé récemment Nicolas, un cousin des Belgorodsky qui avait fait ses études avec Micha. Quand les deux jeunes femmes entonnèrent le *Duo des chats*, ce fut un triomphe. Du majordome aux servantes, tout le monde accourut pour mieux les entendre. Les rires et les applaudissements durèrent longtemps. Puis on servit encore du thé, des alcools et des pâtisseries et chacun s'en retourna chez soi.

Il était tard, Olga donna congé aux domestiques. Elle acheva de vider les cendriers, de ranger les carafons de vodka blanche, rouge aux sorbiers, verte aux jeunes pousses de cassis, jaune à l'estragon. Elle rectifiait au passage l'alignement des fauteuils, le drapé des rideaux. Ses gestes sûrs, précis, témoignaient de sa grande familiarité avec le manoir. C'était plus fort qu'elle. Au début, elle s'était gardée d'empiéter sur son ancien domaine devenu maintenant celui de Nathalie. Mais au bout de quelques jours les habitudes revenaient et Olga, de nouveau, se mettait à tout régenter.

Les domestiques suivaient. Aux directives parfois hasardeuses et contradictoires de Nathalie, ils préféraient la clarté et l'assurance d'Olga. Les observateurs pouvaient constater que cet été-là, Baïgora avait deux maîtresses de maison. Cela faisait sourire certains et en choquait d'autres.

Quant à Nathalie, elle hésitait entre approuver ou condamner la conduite de sa belle-sœur. Elle aimait l'idée de régner sur Baïgora mais jugeait très contraignant tout ce que cela impliquait au jour le jour. Il lui fallait du temps pour lire, étudier son piano, se promener, paresser. Se décharger sur Olga des responsabilités ménagères lui fut chose aisée. En revanche, elle tenait à être la première à entrer dans une pièce, à s'asseoir à table ou à s'en relever. Olga, Catherine et Xénia, plus âgées, avaient tendance à l'oublier. Surtout Olga. Nathalie s'amusait beaucoup de cette situation et ne manquait pas une occasion pour faire valoir ses prérogatives de maîtresse de maison. Il lui arrivait même de courir afin d'être sûre de précéder sa belle-famille au salon. «Ne te donne pas cette peine, lui soufflait Adichka. La bienséance exige qu'elles s'effacent devant toi. — Même Olga? — Même Olga.»

Nathalie, pour l'instant, commençait la lecture de *La Chartreuse de Parme*. C'était un exemplaire spécialement relié à son intention, avec ses initiales et le sceau des Belgorodsky gravés dans le cuir. Adichka se l'était fait envoyer en secret de Paris pour le lui offrir. «Pour rien, pour fêter les premiers jours de l'été avec toi», lui avait-il dit tandis qu'elle s'émerveillait du cadeau.

Sa lecture était souvent interrompue par les cockers de Xénia qui, tout endormis qu'ils étaient, venaient régulièrement s'écraser contre ses jambes. Elle les repoussait du pied, sourde à leurs grognements plaintifs. «Ne leur fais pas de mal, demandait Xénia. Sois gentille avec eux. Ce sont mes autres enfants. » Nathalie haussait les épaules.

Sur la terrasse, Igor fumait un cigare, assis dans un fauteuil en osier, les jambes posées en équilibre sur le parapet. Durant tout le dîner, il s'était efforcé de paraître heureux et insouciant. Mais quelque chose semblait le retenir ailleurs et l'empêcher de se mêler de bon cœur à cette fête familiale et amicale. Adichka s'en était rendu compte et s'était promis d'avoir avec lui une conversation privée. La permission d'Igor s'achevait dans vingt-quatre heures.

Adichka et Micha venaient de discuter longuement du dressage des chevaux de course, seul domaine qui les divisait. En tant que maître de Baïgora, Adichka avait tous les pouvoirs. Il consultait régulièrement ses frères et sa sœur, bien sûr, mais se gardait la possibilité de trancher en cas de conflit. Or Micha réclamait trois champions pour le derby de septembre. « Cette année, un seul défendra nos couleurs », répondait Adichka. Et parce qu'il voyait son jeune frère s'assombrir : « Tu choisiras celui que tu veux. À partir de maintenant, c'est toi qui dirigeras l'entraînement. Je te confie notre futur champion, tâche de faire en sorte qu'il gagne. Tu as toute ma confiance. — Igor est au courant ? — Allons le lui dire. »

Les trois frères parlaient toujours derby et course de chevaux quand Nathalie les rejoignit sur la terrasse. Elle feignit un instant de s'intéresser à leur discussion puis se détourna.

La lune déjà haute éclairait la propriété endormie, les grandes pelouses, les arbres ; on distinguait nettement, au premier plan, au-dessous de la terrasse, les parterres de roses et les premiers dahlias de l'été ; les buissons de laurier ; un hérisson qui avançait lentement sur la dernière marche, le corps hérissé de piquants, le groin mobile, les oreilles larges et dressées. C'était Kim, le protégé de Xénia, apprivoisé grâce à des écuelles de lait disposées toujours au même endroit, près des cuisines. Nathalie entendait les voix animées des trois frères et plus loin les chants des grenouilles, des crapauds et des rainettes. Elle se rappela sa surprise, le premier soir, en écoutant cet assourdissant concert. Maintenant qu'elle y avait pris goût, elle appréciait tout particulièrement la puissante voix du crapaud, sa façon de lancer toute la nuit une note, toujours la même, reprise ensuite par des centaines d'autres. C'était si tonique, si joyeux, qu'elle eut envie de mêler sa voix aux leurs. Elle prit alors une grande respiration et coassa de son mieux avec le chœur des crapauds.

Les frères interrompirent aussitôt leur discussion pour contempler, médusés, la jeune femme. Micha le premier applaudit.

— Bravo ! Quel sens du rythme !

Il prit familièrement Nathalie par la taille.

— Ma petite belle-sœur sait-elle que ces crapauds sont la fierté de Baïgora ?

— La région manquait de crapauds, expliqua
Igor. Notre père eut alors l'idée d'en faire venir
de pleines caisses de l'étranger… Ils se sont très
bien adaptés. Ce sont de formidables jardiniers.

Adichka, un peu à l'écart, souriait sans que
l'on sache si c'était à sa femme que ce sourire
s'adressait. Il s'était efforcé d'attacher une
grande importance au derby, il en accorderait
tout autant à l'importation des crapauds si on
lui demandait son avis. Mais son esprit demeurait inquiet.

Les nouvelles qui arrivaient jusqu'à Baïgora
étaient très mauvaises. Les armées allemandes et
autrichiennes accumulaient les victoires ; des
ministres à peine nommés étaient renvoyés sans
que l'on comprenne pourquoi. La désorganisa-
tion des grandes villes gagnait les provinces les
plus reculées et Adichka, jour après jour, le
constatait. Où s'arrêterait le désordre ? Adichka
avait le cruel sentiment que son pays se déman-
telait aussi bien à l'intérieur qu'à l'extérieur ;
que l'empire russe tout entier vacillait et que
cela faisait le jeu des bolcheviques. Dans ce
désastre généralisé, ce serait eux, peut-être, les
grands gagnants. Leurs idées se propageaient,
contaminaient les esprits dans toutes les couches
de la société. Des villages pourtant paisibles
s'étaient soulevés pas loin de Baïgora… Adichka
et d'autres propriétaires terriens devaient pro-

chainement s'y rendre pour parlementer avec leurs délégués. Il n'y avait pas d'autre choix, Adichka le savait et s'y préparait.

Nathalie s'efforçait d'imiter le chant du crapaud et pour lui plaire, Micha et Igor coassaient de concert. Leurs voix mâles résonnaient dans la nuit de façon si comique qu'Adichka ne put se retenir de rire. Il trouvait miraculeux que Nathalie puisse entraîner Igor dans un jeu aussi absurde, aussi puéril. Son frère Igor, si sombre, si taciturne, riait maintenant aux éclats. Au début, Nathalie l'intimidait; ce soir-là, il semblait rassuré, presque séduit. Adichka ferma les yeux, tout au bonheur d'entendre ces trois êtres si aimés s'amuser ainsi sous la lune. Et pour quelques instants, la Russie avait cessé de se désagréger.

Nathalie s'attardait à suivre des yeux la silhouette d'Igor qui s'éloignait en direction de la maison.

Il avait suffi d'une fenêtre fermée brutalement au premier étage pour qu'il cesse de rire et que son visage à nouveau s'assombrisse. « Catherine doit se demander ce que je suis en train de faire », avait-il dit avant de s'en aller. Et à Micha qui tentait de le retenir : « Je n'ai que trop traîné. Il me reste les comptes de la propriété à revoir. — Les comptes de la propriété à cette heure-ci ? » Micha avait laissé échapper son exaspération. Adichka était intervenu.

— C'est moi qui lui ai demandé. J'aimerais bien que tu en fasses autant au lieu de ne t'intéresser qu'aux chevaux.

— Inutile, j'ai complètement confiance en toi.

— Lui aussi.

— Bien sûr. Mais il a le goût des corvées et des causes perdues. Catherine, par exemple. Tu aurais épousé Catherine, toi ? D'accord, elle est très jolie, mais quand même…

Nathalie n'avait pas envie d'en entendre davantage. Le brusque départ d'Igor l'avait peinée. Elle sentait intuitivement qu'il s'en fallait de peu pour qu'il s'ouvre aux autres. Elle se croyait capable de l'apprivoiser, de lui influer un peu de la joie de vivre propre aux Belgorodsky. Mais Igor repartait le surlendemain à l'aube rejoindre son régiment sanitaire. Nathalie maudissait la guerre.

Elle venait de s'engager dans le chemin qui conduisait au petit lac. Les ombres des arbres s'allongeaient sur la prairie. Quelques nuages filaient très vite dans le ciel. Un vent léger les poussait.

Les deux frères lui avaient emboîté le pas. Micha, toujours remonté contre Igor, lui demanda :

— On t'a raconté à la suite de quoi Igor a épousé Catherine ?

Adichka voulut s'interposer.

— Oublie cette histoire idiote. On ne sait même pas si elle est vraie.

Micha négligea l'avertissement.

— Igor et ton mari étaient des célibataires très, très convoités par les meilleures familles. À un bal, Igor fait la connaissance de Catherine. Ils dansèrent ensemble… on les vit deviser gravement… Rien que de très banal. Quand il fut l'heure de rentrer, Igor se proposa pour raccompagner la jeune fille. Et voilà !

— Et voilà quoi ?

Nathalie avait envie de savoir la suite. Micha, en bon conteur, faisait une pause, ménageait ses effets.

Adichka contemplait la propriété endormie. Comment imaginer ce lieu autrement que préservé ? « Nous devons tout changer, pensait-il. À commencer par nos propres mentalités. » Comme souvent, il évoquait la mémoire de Stolypine qu'il avait servi et tant admiré. Quand on l'avait assassiné à l'opéra de Kiev, il se trouvait à ses côtés. Il l'avait vu mourir, il l'avait pleuré comme s'il avait été un membre de sa famille. Il avait aussi, dès cet instant, cessé de croire en une Russie libérale. Ce soir, il enviait la légèreté de son plus jeune frère, sa disposition naturelle à ne voir que le bon côté des choses. Comme Nathalie se plaisait en sa compagnie ! Comme elle riait à la moindre de ses plaisanteries ! Cette complicité entre eux, soudain, l'effraya. Et s'il était, lui, Adichka, trop vieux pour

89

elle, trop sérieux? Cette pensée lui serra le cœur.

Micha avait repris son récit.

— Catherine rentre chez elle où l'attendait sa mère qui avait reconnu tout de suite l'attelage des Belgorodsky. La mère se fait tout raconter : les valses, les propos les plus anodins, etc. À la fin, elle demande à sa fille : « Eh bien, s'est-il déclaré oui ou non? » Catherine réfléchit et répond : « En me ramenant en calèche, il a serré furtivement ma main en me disant : Nous sommes comme les ponts de Petrograd. Nous nous quittons pour nous retrouver et nous nous retrouvons pour nous quitter. » Pour la mère, c'était suffisamment compromettant. Le lendemain matin, elle fonce chez nos parents et leur annonce les fiançailles de Catherine et Igor. Maman a bien tenté d'empêcher ce mariage absurde. Mais la mère de Catherine a su culpabiliser Igor — qui de toute façon se sent toujours coupable de tout — et l'a convaincu qu'il avait bel et bien compromis la jeune fille.

— « Nous sommes comme les ponts de Petrograd. Nous nous quittons pour mieux nous retrouver et nous nous retrouvons pour mieux nous quitter », répéta Nathalie. Qu'est-ce que ça veut dire?

— Mais rien, justement, rien!

Le petit lac brillait sous la lune. Les saules pleureurs s'y reflétaient comme dans un miroir. Le concert des crapauds et des grenouilles devenait assourdissant. On les devinait s'agiter entre les roseaux, dans l'herbe haute. Souvent, d'un bond, ils troublaient la surface de l'eau.

— Dis-moi, Nathalie…

Micha en avait fini avec le mariage de son frère et prenait maintenant un ton excessivement sérieux.

— Vous êtes mariés depuis trois mois et tu n'es pas encore enceinte…

Mais Nathalie venait d'apercevoir au bord du chemin un gros crapaud chanteur. Elle s'agenouilla dans l'herbe, à quelques centimètres de l'animal, en retenant sa respiration de peur de l'effrayer. Elle apprécia la tête large et plate, sa bouche fendue jusqu'aux oreilles, le corps lourd dont le ventre traînait dans la poussière. Il ne la dégoûtait pas, bien au contraire, et elle effleura d'un doigt prudent le crapaud. Le contact avec cette peau verruqueuse, étrange, la surprit mais lui plut.

— Xénia a tout de suite été enceinte. Tu aimes les petits enfants, j'espère ?

Parce qu'elle ne l'écoutait pas, Micha avait élevé la voix. Le crapaud apeuré fit un bond de côté et disparut sous les branches tombantes du saule. Puis il lança son cri que des dizaines d'autres reprirent tout autour du petit lac.

— N'importune pas Nathalie avec des questions indiscrètes, dit doucement Adichka.

L'air soudain avait fraîchi. Quelque chose de mélancolique se dégageait du petit lac et de ses abords. Un nuage pourpre voilait maintenant la lune. Nathalie pensa que l'automne s'immisçait dans la nuit d'août et se sentit presque triste. Elle frissonna et Adichka aussitôt la couvrit de sa veste.

Alors elle passa ses bras autour de son cou. « Porte-moi jusqu'à la maison, dit-elle d'une voix câline. Je suis si fatiguée ce soir. » Micha surprit le visage illuminé de tendresse de son frère. « Quels enfants vous êtes », dit-il un peu agacé. Et il lança à trois reprises des galets dans l'eau pour effrayer les grenouilles.

— Confitures de fraises, confitures de cerises, avec ou sans noyau. Confitures de pommes, avec ou sans ananas. Confitures au sorbier et citron...

Nathalie ânonnait à voix haute l'inventaire des provisions qu'avait fait dresser Olga durant le mois d'août. Tout avait été soigneusement consigné dans un cahier recouvert de grosse toile qu'on rangeait toujours à la même place, sur l'une des étagères de l'office. Cela intéressait si peu Nathalie qu'elle en aurait définitivement oublié l'existence si Adichka, la veille, ne s'était pas étonné de manger du gibier « sans cerises séchées au vinaigre et sans confiture d'airelles ».

De la cuisine, Nathalie passa dans la resserre où s'entassaient toutes sortes de conserves préparées à la maison, salées, sucrées. Il lui sembla pourtant qu'il en manquait beaucoup. Elle en fit la réflexion à Pacha en partie responsable des cuisines. C'était une femme d'une cinquantaine d'années, grande, maigre, un peu masculine et qu'Adichka affectionnait parce qu'il l'avait toujours connue. Son visage sévère s'ornait de lunettes à monture métallique. Elle parlait peu et souriait rarement. Aux questions désordonnées de Nathalie, elle répondait invariablement :

— Si on ne remplace pas les provisions au fur et à mesure, les meilleures maisons se vident.

— Tu sais mieux que moi ce qu'il convient de faire. N'attends pas mes ordres, agis...

— La princesse Olga...

— La princesse Olga a grandi au manoir. Moi, je ne suis là que depuis six mois. Comment veux-tu que je sache tout ce qu'il faut faire ?

Nathalie se retint d'ajouter : « Et je ne veux pas passer mes journées à comptabiliser les provisions », consciente que la brutalité de son opinion risquait de choquer Pacha.

Sur l'une des étagères s'alignaient des bocaux pleins de gros pruneaux et d'abricots secs. Des kilos de noix, ramassées deux semaines auparavant, attendaient dans des paniers on ne sait quel traitement.

Pacha entrouvrit la porte de la glacière. Des petites bouteilles s'y trouvaient entreposées. À la question de Nathalie, Pacha répondit qu'il s'agissait de divers breuvages dont la base de fabrication était constituée de feuilles ou de baies de cassis, d'airelle rouge et de canneberge. Elle désigna encore les salaisons et marinades avec toute la gamme des champignons préparées de manière différente selon les goûts de chacun des membres de la famille Belgorodsky. Les yeux de Pacha, derrière les verres des lunettes, tout à coup brillaient tandis que sa voix d'ordinaire basse et étale s'affirmait.

— C'est toi qui as fabriqué tout ça ? demanda Nathalie.

Elle entendit à peine le « oui » tant il était murmuré. Pacha rougissait comme une jeune fille. Nathalie la serra dans ses bras et lui colla deux baisers sonores sur chaque joue.

— Dorénavant, c'est toi qui seras responsable du renouvellement des provisions.

Pacha s'apprêtait à protester. Mais Nathalie lui fit signe de se taire avec une autorité qu'elle manifestait rarement et qui de ce fait désarmait ses interlocuteurs.

— Je veux qu'il en soit ainsi. Je vais réunir le personnel et les informer de ce changement. Ils ont intérêt à t'obéir.

Elle tendit à Pacha le carnet recouvert de toile, remplit ses poches de noix et quitta la réserve en chantonnant. Pacha la suivait. « Je vais faire préparer la choucroute pour toute l'année et pour toute la maison », dit-elle à l'intention de Nathalie. Et comme celle-ci ne répondait pas : « C'est ce que l'on fait toujours à l'automne. »

Depuis quelques jours la pluie et le froid avaient modifié ce qu'on pouvait voir du parc, à travers les fenêtres. Deux tempêtes successives avaient arraché les dernières feuilles des arbres qui maintenant pourrissaient sur le sol. Les allées, boueuses, parfois encombrées de branchages, devenaient de plus en plus impraticables malgré le travail des équipes d'aides-jardiniers chargées de les dégager. Nathalie, qui avait projeté de se rendre à l'étable, y renonça.

Le nez plissé par la contrariété, elle regardait la pluie tomber, le paysage qui se brouillait. Les averses qui se succédaient lui faisaient regretter d'avoir choisi de rester à la campagne. Adichka craignait qu'elle ne s'y ennuie et lui avait à plusieurs reprises proposé de passer une partie de l'automne et de l'hiver à Petrograd. Mais Nathalie avait refusé car elle n'envisageait pas d'être séparée de lui. En fait, elle souhaitait qu'ils y aillent ensemble et attendait plus ou moins patiemment la période des vacances. La date, souvent différée, demeurait à ce jour encore incertaine. De nombreuses réunions communales et administratives venaient se surajouter au quotidien déjà chargé d'Adichka.

À cause du mauvais temps, Nathalie avait cessé de le suivre à cheval lorsqu'il inspectait le domaine. Elle ne se promenait plus, ne jouait plus au tennis. Elle avait aussi renoncé à s'occuper de l'hôpital. Restait l'école où elle se rendait de temps à autre, soucieuse tout à coup de se rendre utile. Elle aimait la compagnie de l'instituteur, un homme jeune, entièrement dévoué à la cause des enfants. Elle admirait sa patience, sa foi. Rien ne le décourageait, ni la mauvaise volonté de ses élèves ni l'indifférence des parents. Assister à sa classe était pour Nathalie à la fois instructif et distrayant. Elle voyait des enfants souvent rétifs ou bornés sortir tout à coup de leur torpeur et s'ouvrir à une autre vie. « Prends donc une classe en charge, lui avait conseillé Olga. Nous l'avons tous fait. » Mais Nathalie toujours se dérobait. « Plus tard, plus tard », répondait-elle vaguement.

Le grand poêle en faïence blanche diffusait une agréable chaleur. Nathalie sonna et pria le majordome d'allumer aussi des feux dans toutes les cheminées du rez-de-chaussée. La nuit allait venir, Adichka sortirait de son bureau et ils pourraient bavarder, faire de la musique ou lire côte à côte dans le petit salon framboise.

Nathalie s'ennuyait. Elle hésitait entre s'apitoyer sur son sort, écrire à sa famille ou commencer un nouveau roman. Elle examinait son reflet dans le grand miroir de Venise. Ses cheveux courts ? Plus assez courts. Son menton ? Trop pointu. Ses yeux ? Trop marron. Nathalie soupira et tenta quelques poses théâtrales exprimant tour à tour la mélancolie, la langueur et le chagrin.

— Pourquoi tu n'irais pas voir Bichette ? Sa maison n'est qu'à vingt verstes de la nôtre.

Adichka était entré sans faire de bruit car il aimait ces quelques secondes où il pouvait surprendre sa femme, l'admirer à la dérobée. Il s'approcha d'elle et lui baisa la main, le poignet. Nathalie aussitôt retrouva le sourire.

— J'ai demandé qu'on fasse du feu dans toutes les cheminées, dit-elle avec sérieux.

— Tu deviens une excellente maîtresse de maison.

— Je m'y efforce.

Il l'attira à sa suite dans le petit salon framboise, plus intime et plus chaleureux que le grand jaune et gris où ils se tenaient l'été. La flambée dans la cheminée faisait briller les meubles en bouleau de Carélie, les gobelets en argent sur lesquels un artiste anonyme du dix-huitième siècle avait gravé des scènes de la vie quotidienne russe. Une servante achevait de fermer les volets et de tirer les doubles rideaux. Dehors, il faisait maintenant si sombre qu'on ne savait pas si on devait s'en prendre à la nuit ou au ciel trop bas et lourd de nuages.

Adichka s'installa dans le fauteuil face à la cheminée et Nathalie s'assit selon son habitude à ses pieds, sur un petit tabouret. Ils échangèrent quelques considérations sur la rivière qui menaçait de déborder, puis se turent. On entendait la pluie frapper les volets avec une violence qui laissait présager une nouvelle tempête. Adichka le premier sortit de son silence.

— J'ai reçu ce matin une lettre de maman. Tout se détériore à Petrograd où il règne un climat détestable fait de calomnies et de suspicion... On parle de boucherie à l'avant et d'orgies à l'arrière... la presse est bâillonnée mais des caricatures circulent qui présentent Raspoutine et l'impératrice dans des postures obscènes... Le ravitaillement de Petrograd devient problématique... Des files d'attente partout devant les magasins d'alimentation et des prix qui augmentent sans cesse... Et puis les grèves et les manifestations qui se multiplient! Comment sauver notre pays?

— En faisant assassiner Raspoutine.

Cette réponse dite sur un ton sérieux ne choqua pas Adichka. Nathalie exprimait sans détour ce que beaucoup pensaient plus ou moins ouvertement. Quelques rumeurs commençaient à circuler.

— Maman me dit que bien des jeunes gens complotent pour éliminer Raspoutine et que Micha est parmi eux...

Adichka sortit une lettre de la poche intérieure de sa veste. Nathalie reconnut l'écriture élégante de sa belle-mère, le nombre impressionnant de feuillets. Il lui sembla même qu'il s'en dégageait une imperceptible odeur de citronnelle. Et ce parfum lui donna brusquement et sans raison aucune une envie de chocolat chaud. Un chocolat très noir et très sucré qu'elle imagina servi avec d'épaisses tartines beurrées.

Adichka s'était rapproché de la lampe de manière à lire avec plus de facilité.

— « Micha avant de repartir au front a passé quelques jours chez nous, quai de la Fontanka. Il n'a pas encore oublié l'échec de notre champion au derby de septembre mais il en parle moins. Il parle trop, en revanche, de l'existence d'un complot visant à éliminer Raspoutine. Lui et beaucoup de ses amis semblent résolus à le faire assassiner. En paroles, du moins... J'ai essayé de lui prêcher le silence et le secret. Mais tu sais comment il est : insouciant, enfantin et bravache. Lui et ses amis se voient très bien en libérateurs de la Russie. Micha a aussi revu le grand-duc Dimitri Pavlovitch, le cousin germain de l'empereur, avec qui il s'était lié d'amitié, jadis, à Tsarskoïe Selo. Quant à Xénia, elle pouponne avec enthousiasme et dresse des horoscopes concernant le sort de la Russie tous plus dramatiques les uns que les autres. Nous avons beau l'inviter à plus de raison, nous ne pouvons nous empêcher d'être parfois impressionnés par ses prévisions. Ainsi est-elle persuadée que Raspoutine sera assassiné avant la fin de l'année. »

Il replia la lettre et parut s'enfoncer dans une sombre rêverie. Nathalie le contemplait avec attention, partagée entre son envie de réclamer du chocolat chaud et la certitude qu'Adichka bientôt se remettrait à parler. Mais il n'en fit rien, en proie à des pensées contradictoires et pessimistes. Se pouvait-il que la mort d'un homme change quoi que ce soit au désastre actuel de la Russie? Avait-on le droit de souhaiter la mort de cet homme si nuisible fût-il? Il songea avec amertume à tous ces jeunes gens qu'il allait devoir une fois de plus recruter pour renflouer les armées en déroute. Comment oublier qu'il les envoyait à une mort certaine? à «une boucherie», comme disait souvent Igor qui ne manquait pas d'ajouter : «On remplace les canons par de la chair à canon. »

Nathalie s'était approchée de la cheminée en granit rose qu'elle jugeait «la plus élégante du manoir», en partie à cause de sa petite taille mais surtout parce que sa couleur lui évoquait à la fois l'Italie et la Riviera française. Les flammes lui brûlaient les joues tandis qu'elle pensait toujours au chocolat chaud : «Avec un roulé à la confiture. Ou bien une tarte. Est-ce que ça existe une tarte aux noix? » Elle allait appeler une servante quand elle entendit son mari prononcer à voix basse « non ». Ses yeux reflétaient alors une lassitude désespérée et Nathalie comprit qu'il l'avait oubliée, qu'il se croyait seul près du feu. De surprendre cette détresse l'épouvanta. Elle avait si confiance en lui. Que deviendraient-ils tous s'il cédait à la peur et au découragement?

— Adichka !

Son prénom prononcé avec angoisse le sortit de sa rêverie. Il vit le visage rouge et anxieux de sa femme pointé vers lui.

— Tu es trop près du feu.

Il tendit le bras et caressa les joues et le front de Nathalie.

— Tu es brûlante.

Il lui souriait, calme, heureux. Nathalie enlaça ses jambes et posa sa tête sur ses genoux. Elle aimait le contact des hautes bottes de cheval, l'odeur du cuir et celle plus discrète de la lavande anglaise qu'il utilisait le matin au réveil, lors de sa toilette. Elle se sentait maintenant confiante et apaisée.

— À quoi pensais-tu?

— À la Russie. Je ne vois pas comment nous pourrons nous en sortir. Cette guerre est atroce mais l'honneur nous interdit d'abandonner nos alliés français, d'accepter une paix séparée avec l'Allemagne. Quant au reste… Le peuple veut la paix et des terres. Il a la guerre et on lui refuse une redistribution des terres… Ce serait pourtant un début de solution… Qu'en penses-tu?

— Je ne sais pas. Je t'écoute, j'apprends.

Sans s'en rendre compte, Nathalie avait repris ce qu'Adichka appelait « un ton de petite fille ». Et l'espace d'un instant il crut la revoir âgée de douze ans danser autour d'un sapin de Noël. C'était comme une photo : les longues nattes, la joie et l'insolence du regard, la robe en velours sombre qu'elle mettait pour la première fois. Et lui, quel âge avait-il? Vingt-cinq ans? Vingt-six? C'était hier. Il ne s'était pas douté alors avec quelle force il tomberait amoureux d'elle, cinq hivers plus tard. Ils étaient nombreux, ce jour-là, à patiner sur un lac gelé des environs de Petrograd. Mais il n'avait vu que Nathalie, ses longues nattes qui s'échappaient de la toque en fourrure, son visage concentré et rougi par le froid. Elle ne patinait pas comme les autres, elle dansait. Des figures gracieuses et compliquées qu'elle interrompait pour faire une course avec les garçons.

— Que dirais-tu si nous allions passer Noël et les fêtes de fin d'année chez maman ? À Petrograd ?

Nathalie se redressa avec enthousiasme.

— En famille ? Quai de la Fontanka ?

— En famille. Cela me permettra de raisonner Micha. Ces rumeurs de complot m'inquiètent. Éloigner Raspoutine, oui, le faire assassiner, non, personne n'y gagnerait quoi que ce soit.

Nathalie eut un geste qui signifiait tout à la fois « tu as raison », « qu'importe Raspoutine » et « parlons d'autre chose ». Elle fredonnait une valse et comme la petite fille aux longues nattes se mit à danser entre les meubles du salon framboise.

12 octobre 1916

Le vent, la pluie. Construction d'une nouvelle étable pour les biches. Nous sommes allés dîner chez Bichette et Nicolas Lovsky qui vient de perdre son plus jeune frère. Puis nous les avons accompagnés à la gare de Volossovo où ils ont pris le train pour Moscou.

17 octobre 1916

La guerre devient de plus en plus impopulaire. Plutôt que de se faire réquisitionner, des hommes disparaissent. Mon travail à la commission de recrutement se révèle chaque jour plus difficile. Pour l'instant, aucune hostilité à mon égard. Le groupe électrogène est tombé en panne pendant vingt-quatre heures et Nathalie et moi avons dû répéter notre sonate de Beethoven à la lueur des bougies.

30 octobre 1916

La rivière a débordé. Plusieurs prairies sont inondées. J'ai fait un nouveau don à l'école et notre bibliothèque compte maintenant deux mille volumes divers. Nouveaux meubles aussi. Il y a en hiver cent cinquante-huit enfants dont les deux tiers sont assidus me dit le rapport de l'instituteur. Nathalie lit pour la troisième fois *La Chartreuse de Parme*. Elle me dit : « La première fois, j'étais Fabrice del Dongo. La deuxième fois Clélia Conti et maintenant la Sanseverina : c'est épuisant. » Mes tentatives pour lui faire goûter Blok, Essenine ou Anna Akhmatova n'ont abouti à rien. Je ne désespère pas de lui faire aimer un jour la nouvelle poésie russe.

15 novembre 1916

Premières neiges. L'hiver s'annonce particulièrement rigoureux. J'ai fait envoyer à maman, quai de la Fontanka, du sucre, de la farine, des volailles et de l'alcool de prune. Pacha a complètement réorganisé les cuisines. En un mois elle a acquis une autorité stupéfiante. La chienne fox-terrier Nutsy a mis au monde trois délicieux petits bâtards. Par amour pour la France, Nathalie les a baptisés Cannes, Nice et Menton. Si le père de ces chiots se révèle être un des barzoïs de Micha, nous craignons le pire. Quel mélange !

20 novembre 1916

Oleg, mon régisseur, a de plus en plus de mal avec les paysans. Trois de leurs délégués sont venus me demander de le « démissionner ». J'ai refusé. J'ai commencé à rédiger mon projet de réserve de plantes, d'oiseaux et d'animaux. Il s'agirait d'utiliser plusieurs centaines d'arpents de terre pour sauvegarder les espèces en voie de disparition. Beaucoup de neige. Le soir, lecture et musique dans le salon framboise.

2 décembre 1916

Hier le tocsin a sonné pour un début d'incendie heureusement vite maîtrisé. Il semble que la cause soit accidentelle. Peu de troubles dans les régions voisines. Ici tout est calme. Nathalie et Bichette patinent sur le petit lac gelé. Jadis à Petrograd j'étais le meilleur patineur du gymnase numéro trois. Pas une seconde hélas pour me joindre à elles. Réunion sur réunion à Sorokinsk et à Vorinka.

22 décembre 1916

Nathalie et moi sommes sur le départ. Nous partons en début d'après-midi mais nous ne savons pas quand nous arriverons à Petrograd : des tempêtes de neige bloquent les voies rendant la moindre circulation difficile. Nous avons appris par maman l'assassinat de Raspoutine dans la nuit du 16 au 17 décembre. Il serait question d'un complot mené par le prince Félix Youssoupov et le grand-duc Dimitri Pavlovitch. Nathalie a tenu à ce que nous trinquions à la disparition du « mage ». Je pense quant à moi que l'effet sera désastreux sur les paysans et les ouvriers : ils y verront la noblesse assassiner l'un des leurs.

« *Si je suis tué par de vulgaires assassins et notamment par mes frères, les paysans russes, toi, tsar de
Russie, tu n'auras rien à craindre pour tes enfants.
Ils régneront pendant des siècles. Mais si je suis tué
par des boyards, des nobles, et s'ils versent mon sang,
leurs mains resteront tachées par mon sang pendant
vingt-cinq ans. Ils devront quitter la Russie. Les frères
s'élèveront contre les frères, ils se tueront entre eux et
se haïront, et, pendant vingt-cinq ans, il n'y aura plus
de noblesse dans le pays. Tsar de la terre russe, si tu
entends le son de la cloche qui annonce que je suis tué,
sache que, si c'est l'un des tiens qui a provoqué ma
mort, personne des tiens, aucun de tes enfants ne vivra
plus de deux ans. Ils seront tués par le peuple russe.* »

5 janvier 1917

Petrograd. Nous avons fêté le Nouvel An chez maman, quai de la Fontanka. Dieu merci, nous étions tous là : Igor et Catherine, Micha et Xénia, et beaucoup de parents. Nathalie et moi avons donné un concert : Mozart et Beethoven au programme. « En musique les nationalités n'existent pas », a plaidé Nathalie pour excuser ce choix résolument germanique. Cette année encore pas un seul arbre de Noël puisque c'est, paraît-il, une invention allemande. Les enfants sont les premiers à refuser cette gâterie. Nous sommes fiers de nos chers petits patriotes. Le bonheur d'être tous réunis nous fait négliger les privations et les difficultés de la vie quotidienne. J'ai signé chez le grand-duc Nicolas Mikhaïlovitch pour lui manifester ma solidarité. Parce qu'il avait, dans une lettre, pris la défense des assassins de Raspoutine, Nicolas II l'a assigné à résidence. Les responsables du complot sont bien le prince Youssoupov et le grand-duc Dimitri Pavlovitch. Micha était à cinq cents kilomètres les 15-16-17-18-19 décembre. Grand soulagement pour nous tous de le savoir en dehors de cette histoire.

9 janvier 1917

Triple anniversaire : celui de Nathalie qui aura dix-neuf ans demain, de maman et d'Igor. Distribution de cadeaux très joyeuse. Puis il y a eu un service religieux et un déjeuner. L'après-midi, réception dans le grand salon avec beaucoup de parents et d'amis. Après le dîner, nouveaux invités et tard dans la nuit, souper en famille.

20 janvier 1917

Micha et Igor sont retournés dans leur régiment. Nathalie et moi rentrons demain à Baïgora.

26 janvier 1917

Baïgora. Nous avons eu du mal à regagner le domaine à cause du vent et des bourrasques de neige. Les routes sont impraticables.

28 janvier 1917

Forte tempête de neige. Je retarde mon déplacement à Galitch.

4 février 1917

Toujours mes obligations dans le cadre de la commission de mobilisation. Sorokinsk difficile d'accès. J'ai mis beaucoup de temps à regagner Baïgora. Nathalie a l'élégance de ne jamais paraître s'inquiéter. Elle lit en français *La Princesse de Clèves* de Mme de La Fayette.

8 février 1917

À l'aube froid mordant. Moins 24. Nous ne sommes pas sortis. Plus de courrier depuis trois jours. Nathalie prend très à cœur les problèmes amoureux de la princesse de Clèves. Elle se sent plus concernée par cette histoire d'amour que par le sort de la Russie.

18 février 1917

La température remonte, plus 2 dans la journée. Premier jour où le soleil réchauffe. Nouvelles alarmantes de Petrograd. Nathalie prétend avoir ressenti une certaine hostilité de la part d'un groupe de femmes occupées à ramasser du bois tandis qu'elle patinait sur le lac avec Bichette.

3 mars 1917

Brouillard le matin si dense que j'ai dû décaler dans l'après-midi mes déplacements dans la province. Moins 13. Par télégramme nous apprenons que le tsar a abdiqué.

4 mars 1917

Un télégramme de Petrograd nous apprend qu'Igor est mort. Aucun détail. Nous sommes partis aussitôt à Volossovo pour prendre le train de Petrograd. Nous avons attendu toute la nuit à la gare. Pas de train.

5 mars 1917

Le train n'est arrivé qu'à midi. Auparavant nous avons appris la révolution par Nicolas venu nous apporter de quoi nous restaurer.

6 mars 1917

Deux heures d'arrêt à Moscou. Une foule innombrable, des drapeaux rouges.

7 mars 1917

Le train avait tant de retard que nous avons raté l'office funèbre pour Igor à la laure Saint-Alexandre-Nevsky. Sommes allés directement quai de la Fontanka.

8 mars 1917

Tôt ce matin nous sommes allés à la laure avec maman et Olga nous recueillir devant la dépouille d'Igor. Il a été mortellement blessé par balle à Petrograd, alors qu'il accompagnait en voiture le ministre de la Guerre du gouvernement provisoire. Il essayait de convaincre les soldats de la garde rebelle de regagner les casernes. J'ai passé l'après-midi chez le ministre de la Répartition des terres, le libéral Chingarev. Rien n'en est sorti. Mais suis-je en état de comprendre ce qui se passe ? Notre civilisation bascule et je ne pense qu'à Igor. Mon frère, mon cher frère.

9 mars 1917

Dans le journal *Le Soir*, on peut lire : « Le régiment sanitaire numéro 11 a perdu en Igor Belgorodsky un chef populaire et intrépide qui avait, dès le début de la guerre, pris en charge l'organisation de l'aide à nos combattants. Son travail en première ligne et l'énergie avec laquelle il menait sa tâche restera dans la mémoire de nos troupes. »

11 mars 1917

Office pour Igor à la laure Saint-Alexandre-Nevsky. Nous nous efforçons tous de suivre l'exemple de maman et de contenir notre douleur. Xénia et Nathalie se relaient au chevet de Catherine qui a de la fièvre. Entretien avec le prince Lvov, Premier ministre et ministre de l'Intérieur : impression mauvaise.

20 mars 1917

Journée d'émeute en début de semaine. J'ai vu la foule se ruer sur les boutiques, brûler les aigles emblèmes pour elle du despotisme et, pire encore, des officiers effacer de leurs épaulettes le chiffre de l'empereur. Tout à l'heure, en me rendant à nouveau chez le ministre Chingarev, j'ai croisé un groupe de soldats qui se promenaient la cigarette aux lèvres et le fusil à la bretelle. Depuis l'abolition du salut militaire, c'est partout le désordre. J'ai trouvé Chingarev gai et énergique.

23 mars 1917

Jour de funérailles des victimes de la révolution suivi par un million d'hommes et de femmes. Quelles victimes ? Tous les morts, « eux et nous » comme disent les journaux. Nathalie et moi étions dans la rue dès neuf heures du matin. Toute la journée les gens défilaient alignés et recueillis en chantant une lugubre *Marseillaise* qui alternait avec *La Marche funèbre* de Chopin.

26 mars 1917

Congrès du parti des Cadets seule force bien organisée capable, il me semble, de s'opposer aux groupes d'extrême gauche. Partout ailleurs ce ne sont que verbiages stériles. Les meetings se succèdent et on y chante systématiquement *La Marseillaise*. Pas *La Marseillaise* française chère à Nathalie, mais une *Marseillaise* lugubre, lente et monotone. Une « *Marseillaise* russifiée », dit

Nathalie avec mépris. Le soir office des Rameaux sur la Fontanka.

27 mars 1917

Congrès du parti des Cadets. J'y ai fait ma première intervention devant un public nombreux et agité. Dans la salle, des ministres, Xénia et Nathalie.

29 mars 1917

Journée de manifestations féminines. Je les ai vues avancer en bataillons serrés. Elles chantaient avec recueillement « Égorgeons, pillons ! Égorgeons, pillons ! » en agitant des drapeaux rouges. Mais quand elles sont passées devant l'église Saint-Nicolas-des-Marins toutes se sont signées. Pour reprendre aussitôt après leur « Égorgeons, pillons ! ».

30 mars 1917

Jeudi saint. Nous avons communié dans l'église de la Fontanka.

31 mars 1917

Office ce matin et ce soir sur la Fontanka. En fin d'après-midi entretien avec le socialiste Kerensky, trente-cinq ans, ministre de la Justice. Je l'ai trouvé fébrile, irritable et assoiffé de popularité.

2 avril 1917

Office dans l'église de la Fontanka. Sommes allés ensuite réveillonner chez les parents de Xénia. Nous nous sommes tous efforcés de nous amuser et nous y sommes presque arrivés. Les enfants étaient ravis. Je souhaiterais rester un peu plus auprès de maman mais des travaux urgents m'attendent à Baïgora. Nathalie et moi partons demain. Maman exige d'ailleurs qu'il en soit ainsi. Elle accompagnera ensuite avec une partie de la famille le cercueil d'Igor qui sera enseveli dans la crypte de l'église de Baïgora auprès de notre père. C'était le choix d'Igor, nous devons le respecter.

12 avril 1917

Baïgora. Température exceptionnellement douce, soleil et pluie. J'ai passé toute la journée à Galitch au comité exécutif auprès du commissaire cantonal. Mélange d'idées et de visages très intéressant. Impression qu'il y a beaucoup d'énergie et une réelle bonne volonté. Tout change très vite.

14 avril 1917

Le matin, messe dans notre église de Baïgora. Beaucoup de monde y assistait. À quatre heures on est venu me chercher pour me demander de participer à l'assemblée du village voisin et de donner des conseils pour le choix du comité du village. Il règne là un ordre parfait. Pendant qu'ils votaient, je suis allé à l'école m'enquérir du niveau scolaire des enfants qui est excellent. Puis j'ai prononcé un long discours. Beaucoup de questions m'ont été posées ensuite. Ambiance très chaleureuse.

20 avril 1917

Dans les campagnes commencent à se créer des comités de village pour préparer la réforme agraire qui devrait donner la plupart des terres aux paysans. Je suscite et soutiens ces comités. Cette réforme est absolument nécessaire pour le peuple et pour les propriétaires. Le printemps arrive, les champs reverdissent, les alouettes et les grues reviennent.

1ᵉʳ mai 1917

Hier, j'ai été invité par les paysans des villages voisins à fêter avec eux le 1ᵉʳ-Mai. Ambiance toujours très chaleureuse. Ce matin nous avons Nathalie et moi assisté à l'office, puis il y a eu une action de grâces et des discours en plein air. Après le déjeuner, un cortège de cinq cents personnes est entré dans la propriété en agitant des drapeaux rouges. Nathalie et moi sommes allés à leur rencontre. Ces hommes et ces femmes riaient et chantaient heureux que nous soyons venus les accueillir. Ambiance de liesse générale. On a pris des photos. Discours et accolades. Tout est en fleurs, ce terrible hiver est loin derrière nous. Hélas, Néva — un des trois barzoïs de Micha — est revenu d'une course mortellement blessé. Après l'avoir mené chez le vétérinaire, j'ai dû le faire abattre. Maintenant les deux autres inconsolables me suivent partout. Nathalie les a installés avec nous au manoir où ils font bon ménage avec Nutsy et ses trois bâtards de chiots.

6 mai 1917

Je continue à aller à la rencontre des paysans, à me montrer dans leurs assemblées. Depuis plusieurs jours, j'essaie d'organiser un comité exécutif. Hier, je leur ai proposé une somme importante dans des buts éducatifs. Aucune hostilité, ambiance chaleureuse. « On ne peut rien rêver de mieux », commente Nathalie qui me soutient publiquement en tout mais qui s'inquiète en privé à l'idée de partager nos terres. Elle travaille quotidiennement son piano. Naturellement ennemie de l'artifice et des chichis, elle est capable de la plus grande énergie comme de la plus subtile délicatesse. Je suis très admiratif.

8 mai 1917

Partout, débat sur la propriété terrienne. La grande réforme tarde à se mettre en place alors qu'il faudrait, justement, l'accélérer. Des paysans commencent à dire qu'il faut s'emparer tout de suite des terres. Le journal bolchevique *La Pravda,* maintenant disponible dans les villages, les encourage dans cette idée. Je tente de discuter avec eux. Le commissaire du canton, lui, refuse tout simplement de les entendre. Cette attitude archaïque est aussi sotte que dangereuse. Cerise sur le gâteau, Micha ! Quand je lui ai appris au téléphone la mort de son barzoï, il a d'abord éclaté en sanglots pour ensuite m'accabler de reproches. La Russie est à feu et à sang et mon frère ne s'intéresse plus qu'au comment et au pourquoi de la mort de son chien !

11 mai 1917

Des agitateurs sont apparus dans la région et poussent nos paysans à la violence. L'un d'entre eux, chez moi, hurlait perché sur un tonneau : « Maintenant la liberté est à nous ! Vous devez vous emparer des terres et tuer ceux qui s'y opposent. » Je lui ai tenu tête dans une ambiance détestable. Malgré l'hostilité marquée de mes paysans, j'ai fait un discours sur le juste partage des terres dans la légalité. À la fin, j'ai été applaudi et Gregori, un de mes meilleurs ouvriers, m'a dit : « Dès que tu prends la parole, Votre Excellence, nous sommes d'accord avec toi. »

13 mai 1917

L'agitation s'intensifie dans la province. On ne sait qui sont ces agitateurs mais ils sont de plus en plus écoutés. À Baïgora tout est encore calme, mais j'ai télégraphié à maman de venir sans le petit garçon chéri d'Igor et sans les autres enfants à l'exception de Daphné et de Tatiana. Mon beau-frère Léonid restera pour garder les enfants et les protéger si nécessaire. Petrograd est devenu une poudrière où n'importe quoi peut éclater à n'importe quel moment. Le cercueil d'Igor arrive demain avec une partie de la famille. Nathalie remplit la maison de bouquets de fleurs, soigne les biches et les petits veaux comme si de rien n'était. Elle veut agrandir la roseraie et parle d'y faire construire une tonnelle. J'aimerais lui faire bientôt la surprise d'une volière.

Catherine pleurait sans discontinuer depuis son arrivée, quelques heures plus tôt, à Baïgora. Elle avait vomi durant le voyage en train et menaçait de vomir de nouveau si on l'obligeait à assister au dîner qui réunissait la famille Belgorodsky. Micha, retenu au front, manquait. On l'espérait pour le lendemain ou le surlendemain et, compte tenu de cette incertitude, on avait décidé de commencer sans lui les cérémonies des funérailles.

Le chagrin de Catherine avait eu raison de la sérénité tout extérieure de Maya qui maintenant mêlait ses larmes aux siennes. Les deux femmes se tenaient enlacées sur le divan du grand salon tandis que le majordome demandait « s'il fallait annuler le dîner ». « Non, bien sûr que non », répondit Adichka avec lassitude.

Les dernières vingt-quatre heures avaient été pour lui très difficiles. Des paysans et des ouvriers s'opposaient à ce que la dépouille d'Igor soit ensevelie dans la crypte. Adichka avait dû parlementer, argumenter. En vain. Ces hommes se souvenaient de la sanglante répression de 1905 et de la présence d'Igor lors des exécutions. Leur détermination avait fini par troubler Adichka qui s'en était ouvert à sa sœur Olga dès sa descente de train. « Et que comptes-tu faire ? avait demandé la jeune femme. — Renvoyer le cercueil à la laure Alexandre-Nevsky…, reporter les funérailles à une période plus propice. » Olga s'était presque fâchée : « On n'a pas le droit de céder aux menaces de quelques agités. Ce serait faire là une retraite honteuse. » Elle avait été si catégorique qu'Adichka avait fini par céder. Néanmoins il se souvenait lui avoir dit : « Cela te va bien de faire la brave. Toi et la famille vous repartez bientôt. Mais moi et Nathalie restons et ce sera à nous de nous débrouiller. » Cette phrase le tourmentait. Il pressentait — mais peut-être fallait-il accuser sa grande fatigue physique — qu'entrer en conflit ouvert avec nombre de ses employés servirait d'argument aux agitateurs et que cela pourrait se révéler dangereux pour lui et pour les siens. En même temps il s'accusait de manquer de courage et approuvait la fermeté d'Olga. Pour l'instant le cercueil avait été transporté dans l'église où un premier et court office avait eu lieu sans autres incidents que des allées et venues un peu désordonnées.

Le chagrin des deux femmes sur le divan le détourna de ses pensées.

— Maman! Catherine! reprenez-vous! dit-il en s'efforçant à l'autorité.

Xénia faisait le tour du salon en se tordant les mains et répétait : « C'est tellement triste ! pauvre cher Igor ! » Adichka la fixa avec sévérité et Xénia s'arrêta net, la bouche ouverte, tout à coup figée comme une statue. C'est à peine si après on l'entendait respirer.

Nathalie assise devant le piano blanc jouait en sourdine les premières mesures d'un nocturne de Chopin, le visage impassible, comme absente à ce qui se passait autour d'elle. À ses pieds, à demi cachées sous le piano, sa sœur Tatiana et Daphné, la fille d'Olga, jouaient avec les chiots Cannes, Nice et Menton, turbulents, mal dressés mais très affectueux. Âgées de douze et huit ans, elles étaient les seuls enfants admis aux funérailles. Parfois fusait le rire en cascade de Tatiana. Et c'est précisément un de ces rires qui redonna un peu de force à Maya. Elle essuya ses larmes, celles de Catherine et se leva, son beau visage pâle à nouveau serein.

— Viens dîner avec nous, Catherine.

Mais Catherine pleurait de plus belle. Son visage, son cou et ses épaules se marbraient de plaques rouges. Olga marcha résolument sur elle.

— Ça suffit, reprends-toi. Comment tiendras-tu demain, durant la cérémonie, si tu te mets à l'avance dans cet état ?

Elle voulut tirer sa belle-sœur par le bras, mais

Catherine se débattait avec une énergie insoup-
çonnée.

Adichka rejoignit Nathalie, toujours penchée
sur le piano, les yeux fermés, tout entière à ce
qu'elle jouait, à Chopin.

— Je t'en prie, lui dit-il, conduis-la à sa
chambre, je crois qu'elle va avoir une crise de
nerfs. Fais-lui une compresse d'eau froide, aide-
la à se coucher et rejoins-nous pour dîner.

Nathalie leva vers lui un visage maussade.

— C'est Olga l'infirmière, pas moi...

Son visage à lui était fatigué, creusé par le
manque de sommeil et l'anxiété. Ses yeux sup-
pliaient. Nathalie vit tout cela et pour la première fois aussi sa barbe et ses cheveux qui commençaient à grisonner.

— Je m'occupe de tout. Commencez à dîner
sans moi.

Près du divan, Olga de plus en plus exaspérée
exhortait Catherine au sang-froid et à la tenue
propres aux Belgorodsky. « Laisse-la. Tu ne vois
pas que tu ne fais que l'énerver davantage ? lui
chuchota Nathalie. — De quoi tu te mêles ? »
répondit Olga.

Mais déjà Nathalie était auprès de Catherine.
Elle la prit dans ses bras, la cajola, chuchota
pour elle seule des paroles de compassion. Et
c'était une chose nouvelle, un peu saugrenue,
que de voir Nathalie, souvent si brusque, s'es-
sayer à la tendresse.

— Ta femme m'épate, dit Olga à l'intention de son frère.

Penchée au-dessus d'une cuvette, Catherine se tamponnait le visage, les yeux. L'eau fraîche avivait momentanément les plaques rouges mais lui procurait aussi une sensation apaisante. Nathalie, dans la chambre voisine, avait ouvert le lit, retapé les oreillers. Elle attendait avec une impatience encore contenue que Catherine veuille bien venir se coucher ou du moins s'allonger. Catherine surprit son regard dans le miroir au-dessus de la cuvette.

— Je suis enceinte, dit-elle.

Et en se retournant de manière à faire face à sa belle-sœur :

— De quatre mois. J'ai essayé de m'en débarrasser mais il s'accroche. Je ne veux pas d'un deuxième enfant.

Nathalie se détourna pour cacher son trouble. Une question lui vint aussitôt, qu'elle se refusa de poser mais que Catherine devina.

— Je suis enceinte d'Igor. Nous ne nous entendions plus mais je ne l'ai jamais trompé.

À nouveau elle s'énervait, frottait ses mains contre le tissu de sa robe dans un mouvement saccadé dont elle ne se rendait pas compte. Son visage enflammé rougissait davantage encore. Une épingle en écaille se détacha de son chignon et tomba sur le tapis. De colère, elle l'écrasa.

Du parc montaient des odeurs de trèfle et de menthe. D'ici quelques jours fleuriraient les premiers lilas. Dans l'ignorance de ce qu'il convenait de faire pour sa belle-sœur, Nathalie s'était rapprochée de la fenêtre. Tout semblait calme. Dans la partie réservée aux enfants, elle surprit Tatiana et Daphné qui se balançaient, collées l'une à l'autre sur la balançoire. Elles riaient si fort qu'on devait les entendre de très loin. Nathalie trouvait cruel de ne pas pouvoir s'amuser avec elles comme elle l'avait fait la veille de son mariage, un an auparavant. Elle quitta la fenêtre et fit face à Catherine.

— Igor a su que tu étais enceinte?

— Non, puisque je voulais m'en débarrasser.

— Quel dommage! Il aurait été si heureux!

La sincérité avec laquelle Nathalie s'était exprimée provoqua chez Catherine une nouvelle flambée de colère.

— Igor est mort! Qu'importe qu'il ait su ou pas! Mais moi je suis seule avec un petit garçon de trois ans et bientôt un autre non désiré! Seule!

Elle se jeta sur le lit et se remit à pleurer. Nathalie aurait voulu la plaindre mais sa pensée revenait obstinément à Igor. Elle le revoyait jouer avec son petit garçon, discuter de la propriété avec ses frères. Elle se souvenait de son rire, un soir d'août, quand ils avaient ensemble imité les crapauds. À l'idée qu'elle ne le reverrait plus jamais, son chagrin jusque-là soigneusement contenu faillit exploser. Elle se mordit le poignet pour réprimer ses larmes. Son regard sur Catherine devint dur. Elle détestait ses plaintes ; ses pleurs versés non sur la perte d'Igor mais sur elle-même.

— Tu n'es pas seule, dit-elle. La solidarité familiale jouera. Un enfant d'Igor, c'est sacré. Il sera fêté, choyé. Nous nous occuperons de lui, de toi et de ton petit garçon.

— Et si je n'avais pas envie que vous vous occupiez de moi ?

Distraite de son chagrin par une nouvelle bouffée de colère, Catherine faisait face à Nathalie.

— La tenue des Belgorodsky ! La grandeur et la générosité des Belgorodsky ! Leur esprit de clan ! Ah ça oui, elle jouera certainement la belle solidarité familiale ! Mais ça ne changera rien au fait que je suis enceinte et que je ne veux pas de cet enfant ! L'enfant d'Igor est sacré, dis-tu. Mais moi ? Moi !

Catherine parlait si vite que Nathalie ne pouvait même plus lui dire de se taire. Elle était furieuse, elle avait faim, elle détestait cette querelle. Que Catherine continue à hurler si elle le voulait, mais toute seule. Elle résolut de quitter la pièce aussitôt. Mais Catherine s'était plantée devant la porte pour l'empêcher de sortir. Ses beaux yeux verts de chatte étaient devenus fixes. Sur le cou et les épaules, les plaques rouges avaient disparu. Subitement, elle était calme.

— Et c'est toi qui me fais l'éloge de la famille? qui parle d'élever l'«enfant sacré» d'Igor? Mais qu'est-ce que tu attends pour en faire un, d'enfant? Un an de mariage et rien! Jamais enceinte! Comment tu t'y prends? Tu t'en débarrasses? Ne me dis pas que tu es toujours vierge!

La gifle partit et atteignit Catherine à la tempe. Nathalie allait lui en assener une autre quand un hurlement d'enfant, dans le parc, la projeta à la fenêtre. Elle vit sa sœur suivie de Daphné courir vers la maison tandis que la balançoire abandonnée remuait doucement.

Des années plus tard, Tatiana ne pouvait s'empêcher de rire quand elle évoquait cet instant.

«Les adultes étaient dans un grand état de tension à cause des menaces concernant l'ensevelissement d'oncle Igor dans la crypte et ne faisaient pas trop attention à nous. Après le dîner nous sommes allées jouer dans le jardin. Près du portique un gros crapaud chanteur lançait son cri. Daphnouchka l'a attrapé sans difficulté et a eu l'idée de faire de la balançoire avec lui. Aussitôt dit, aussitôt fait. Et nous voilà en train de nous balancer, moi, Daphnouchka et le crapaud. En avant en arrière, de plus en plus haut avec le crapaud coincé entre nos cuisses. Soudain nous avons été aspergées par un liquide verdâtre qui sentait très mauvais. C'était le crapaud qui vomissait. La balançoire lui avait

130

donné mal au cœur! Nathalie, quand elle nous a vues, a éclaté en sanglots. Nous ne comprenions pas pourquoi et cela nous a beaucoup impressionnées. Du coup, nous sommes allées nous coucher sans discuter. De l'escalier, nous l'avons entendue éclater de rire. En fait, ma sœur était à bout de nerfs.»

Nathalie obtint un certain succès en relatant l'histoire du crapaud sur la balançoire. Chacun y alla de son anecdote sur les jeux des enfants avec les animaux. Même Kostia, le vieux majordome, se permit une remarque tandis qu'il servait à Nathalie une assiette d'écrevisses.

— Votre mari enfant n'aurait jamais fait ça. Il était très proche de la nature et des bêtes. Il disparaissait des journées entières avec une paire de jumelles et un cahier où il consignait toutes ses observations.

— Pour nous moquer de lui, nous l'appelions le «grand explorateur», ajouta Olga.

— Mais nous admirions tous la qualité de ses observations, l'étendue de ses connaissances. Il savait le nom de tous les arbres, de tous les insectes et de tous les oiseaux, compléta Maya.

Assise à sa droite elle contemplait avec amour ce fils devenu grand à qui elle continuait de prêter toutes les qualités du monde. Adichka souriait timidement comme gêné d'être le centre de la conversation. En fait il n'écoutait pas ce qui se disait. Sa pensée tournait toujours autour des funérailles d'Igor. Fallait-il ou ne fallait-il pas l'ensevelir dans la crypte de l'église ? Bien que sa décision ait été prise en commun avec Olga quelques heures auparavant, à nouveau il doutait. Par la fenêtre demeurée ouverte, il voyait un groupe d'hommes massés immobiles à l'autre extrémité de la grande prairie. La distance ne lui permettait pas de distinguer les visages.

— Quand maman sera couchée, rejoins-moi dans mon bureau, murmura-t-il à l'oreille d'Olga.

Celle-ci approuva d'un discret battement de paupières et se leva indiquant ainsi que le dîner était terminé et que chacun pouvait maintenant quitter la table.

— Kostia, dit-elle, tu nous serviras le café dans le salon gris et jaune, nous y serons mieux que dans le framboise. As-tu fait du feu comme je te l'ai demandé tout à l'heure ?

Son regard croisa le regard soudain noir de Nathalie.

— Pardon, ma chère, j'ai encore oublié que c'était toi la maîtresse de maison.

Quand Olga poussa la porte du bureau de son frère, elle fut surprise de le trouver en compagnie du prêtre qui célébrerait l'office funèbre, du régisseur de la propriété et de Bichette et Nicolas Lovsky arrivés depuis peu et introduits discrètement par le majordome. Nathalie se tenait debout derrière le fauteuil de son mari. On avait fermé les fenêtres, tiré les rideaux. Seules quelques lampes étaient allumées.

— On étouffe ici, dit Olga en marchant vers la fenêtre. De l'air !

— Non.

L'interdiction d'Adichka arrêta le geste d'Olga. Elle haussa ses sourcils en signe d'interrogation mais s'assit sans protester sur le siège qu'il lui désignait.

— On rôde autour de la maison, je ne veux pas qu'on nous surprenne. Dans la cour près de l'étable, il y a un groupe d'hommes armés.

Sa main caressait fugitivement sa barbe tandis qu'il s'efforçait de sourire. L'éclairage sommaire de la pièce accentuait les cernes sous ses yeux, sa pâleur.

— En fait la situation est plus grave que nous ne le pensions et si j'ai attendu pour vous en parler c'est que je trouvais inutile d'alerter maman, Catherine et Xénia.

Les visages tournés vers lui étaient graves et attentifs. Seule Bichette laissait apparaître quelques signes de nervosité. Malgré les volets fermés et les rideaux tirés, on entendait encore le chœur des crapauds, ce qui amena sur le visage fatigué d'Adichka un nouveau sourire, involontaire celui-là. Puis, de sa voix égale et douce, il relata l'incident qui avait eu lieu en fin de journée.

Après la veillée funèbre dans l'église, Adichka était revenu sur ses pas. Il n'avait pas apprécié le désordre des bouquets autour du cercueil, l'absence de plantes vertes. Tandis qu'il chapitrait les jardiniers, un inconnu l'avait abordé avec ces mots : « Où comptez-vous enterrer votre frère ? » C'était un homme jeune, de haute taille et qui portait une casquette de marin. Son insolence irrita aussitôt Adichka qui répondit sèchement : « Chez nous, dans le caveau sous l'église. » L'homme alors avait fait signe aux jardiniers et aux paysans de se rapprocher de façon qu'ils entendent tous ce qu'il avait à dire. Puis il haussa la voix : « Maintenant plus rien n'est à vous. Ni la maison, ni les terres, ni l'église. Essayez donc d'enterrer votre frère dans le caveau et nous jetterons dehors son cadavre et ceux de vos autres parents. »

Adichka et le marin étaient face à face au centre d'un groupe de paysans dont la plupart étaient nés à Baïgora. Aucun ne s'indigna, aucun ne protesta. Adichka les toisa les uns après les autres comme pour connaître leur opinion. Mais il n'obtint pas de réponse. Une apathie générale semblait avoir gagné tout le groupe. Alors lui aussi avait élevé la voix : « J'agirai exactement comme je l'entends. » Puis : « Maintenant, laissez-moi passer. » Les hommes obéirent et s'écartèrent. En s'éloignant, il entendit l'inconnu haranguer le groupe de paysans : « Plus rien n'est à lui. »

— Je n'avais jamais vu ce marin auparavant, conclut Adichka.

Et alors qu'éclatait l'indignation des uns et des autres :

— Je pense quant à moi qu'il ne faut pas céder. Nos paysans veulent nos terres, pas profaner nos morts ! Même si c'est entrer en conflit ouvert avec eux, ce que j'ai, jusqu'à aujourd'hui, toujours su éviter.

— Renvoie le cercueil à la laure Alexandre-Nevsky.

Nicolas Lovsky était un ami de toujours. Ses liens avec la famille Belgorodsky remontaient à leur enfance. Il avait fait ses études avec Micha, puis, à la mort de son père, avait quitté l'armée pour s'occuper de son immense domaine. Il passait pour un homme pondéré, pudique et discret. Aussi sa soudaine véhémence retint aussitôt l'attention de tous.

— Je les crois capables de mettre leurs menaces à exécution. Chez mes paysans comme chez les tiens on se souvient de la révolte de 1905... Des représailles... Des exécutions... Personne n'a oublié la participation d'Igor.

— Ridicule ! Il avait dix-huit ans ! Il obéissait aux ordres ! Il n'a fait que son devoir !

Olga prenait soudain fait et cause pour son frère avec une surprenante violence. En défendant Igor, elle les défendait tous. Sa haine pour les bolcheviques éclatait enfin. Elle aurait souhaité qu'on les extermine jusqu'au dernier, qu'on pende immédiatement les agitateurs et leurs complices paysans et ouvriers. « C'est eux ou nous. Nous ne devons pas céder. Jamais ! » répétait-elle.

Depuis un moment déjà, Oleg le régisseur demandait la parole. Quand enfin Adichka la lui donna, il supplia à son tour « Son Excellence » de renoncer à ensevelir Igor dans la crypte. Selon lui les paysans n'hésiteraient pas à mettre leurs menaces à exécution et traîneraient dehors le cadavre. Le prêtre confirma : il fallait attendre que les esprits se calment et renvoyer le cercueil à Petrograd. De tels propos ne firent que renforcer les convictions d'Olga. Sur un ton maintenant plus mesuré elle refusait un à un les arguments de son ami d'enfance, du régisseur et du prêtre.

Adichka se tourna vers Nathalie dont il avait remarqué le silence. Qu'elle n'intervienne pas dans ce débat ne l'étonnait guère : Nathalie souvent pensait à autre chose. Mais ce soir-là il avait particulièrement besoin de son avis. «Qu'en penses-tu? chuchota-t-il. — Que le choix que tu feras sera le bon. — N'importe quel choix? — N'importe quel choix.» Et comme pour donner plus de poids à ses paroles, elle posa sa main sur la nuque de son mari. Mais cette confiance accentua encore le sentiment de détresse d'Adichka. «Que je ne me trompe pas, pensa-t-il. Pour elle.»

— La discussion est close. Mon fils sera enseveli demain dans la crypte. Je ne comprends même pas comment vous pouvez envisager un seul instant de repousser les funérailles.

Maya s'appuyait contre la porte qu'elle venait de refermer. Elle était très en colère et très déterminée. Les éclats de voix d'Olga l'avaient alertée. Elle s'était relevée et, guidée par les voix et le rai de lumière, s'était approchée du bureau. Cela faisait plus de dix minutes qu'elle écoutait dans le noir.

Nathalie la contemplait, subjuguée. Ce n'était plus la femme tendre et pondérée qu'elle côtoyait depuis un an : c'était un général, un chef de guerre. Son autorité dépassait de beaucoup celle d'Olga ; son pouvoir de décision celui d'Adichka. Elle ne donnait pas un avis ou une opinion, elle donnait des ordres. Ainsi :

— La cérémonie se déroulera exactement comme nous l'avons décidé. Je me tiendrai devant le cercueil avec Nathalie, Xénia, Catherine et les enfants. Adichka et Olga vous serez derrière et vous monterez la garde. Personne n'osera rien tenter. Personne !

Son regard croisa celui de ses enfants et la détermination qu'elle y vit ramena un peu de calme sur son beau visage tourmenté.

— Plutôt que de révéler notre peur à ces agitateurs bolcheviques, il vaut encore mieux leur laisser mettre leurs menaces à exécution... si horrible que cela puisse être pour nous...

« Depuis le début de la guerre, le prince Igor Belgorodsky commande le régiment sanitaire qu'il a lui-même créé et organisé. De santé fragile il aurait pu occuper une fonction importante à l'arrière. Mais il se faisait un devoir de participer comme n'importe quel patriote russe à la guerre en conduisant son régiment jusqu'au cœur des combats, s'exposant en première ligne, souvent sous la grêle des obus. Des milliers de mères russes sont redevables au prince Belgorodsky de compter leurs enfants parmi les vivants, de même des dizaines de milliers d'enfants de n'être pas orphelins. Dans la 12ᵉ armée et plus particulièrement dans les rangs du 11ᵉ corps d'armée sibérien, dans la brigade spéciale et dans la 17ᵉ division de cavalerie, je doute que l'on trouve un seul officier ou un seul soldat qui n'ait bénéficié de l'hospitalité ou de l'aide du régiment du prince Belgorodsky. Puisse sa famille accablée par sa perte trouver une consolation en sachant que le nom du prince Belgorodsky sera toujours évoqué avec reconnaissance. Puisse son petit orphelin une fois devenu adulte se souvenir avec fierté du courage et de l'abnégation de son vaillant père. »

Le prêtre, tourné vers la foule massée à l'intérieur et à l'extérieur de l'église, lisait l'hommage du général Domtriev, figure légendaire de la guerre contre le Japon. Au brouhaha et aux allées et venues désordonnées du début succéda un silence attentif et respectueux. Le marin inconnu de la veille s'égosillait toujours à quelques mètres de l'église, mais plus personne ne lui prêtait attention. Quant aux deux autres émissaires bolcheviques chargés de semer le désordre dans la province, ils s'étaient vu refuser l'entrée de l'église par ceux-là même qu'ils avaient endoctrinés une heure avant la cérémonie, lors d'une assemblée générale.

Des sanglots éclataient ici et là. On avait oublié la sanglante répression de 1905. On se souvenait à l'inverse du courage d'Igor, des blessés qu'il avait sauvés, dont certains se trouvaient dans l'église. Sur ces hommes et sur leur famille, l'hommage du général Domtriev produisit un effet extraordinaire. Venus pour troubler la cérémonie, ils en étaient maintenant les gardiens. Si bien qu'une ferveur religieuse et patriotique inattendue gagnait peu à peu l'ensemble des hommes et des femmes présents.

Pourtant Olga et Adichka continuaient à monter la garde.

Placés de part et d'autre du cercueil, à demi tournés vers la porte, ils surveillaient les nouveaux arrivants. Leur attitude, d'emblée très combative, la résolution qui se lisait sur leur visage, en impressionnèrent plus d'un. Pas une seconde leur surveillance tendue ne se relâcha. Quelques voisins, amis de longue date, se trouvaient là, eux aussi résolus à se battre si l'on tentait quoi que ce soit contre la dépouille d'Igor. Ils étaient une dizaine.

La cérémonie religieuse s'acheva dans le calme. Beaucoup de paysannes pleuraient, des hommes se mouchaient. Plusieurs se proposèrent pour descendre le cercueil dans la crypte et Adichka accepta leur aide. Mais là encore, on le sentait sur le qui-vive. Son regard scrutait tous les visages un par un et avec insistance. Pour Nathalie qui le regardait, il témoignait là d'un esprit de résistance tel qu'elle le crut pour toujours invulnérable. Et c'est ce qu'elle se reprocha un peu plus tard et tout au long de sa vie. Et c'est ce que se reprochèrent aussi Maya et Olga. «Adichka avait sur ses paysans plus d'ascendant que tous les bolcheviques réunis», disait l'une. «Notre erreur à tous a été de croire que puisqu'il avait réussi ce coup de force, il réussirait tous les autres.»

C'est sûrement aussi ce que pensait Adichka.

Malgré son chagrin, réel, profond et sans doute inconsolable, Adichka, le soir même, était

141

presque joyeux. Lui toujours si mesuré, si modeste, laissait apparaître quelque chose qui pouvait s'apparenter à de la fierté.

— Je leur dis à tous, aux nobles, aux propriétaires fonciers, que c'est une folie de céder aux menaces et de montrer ainsi que nous avons peur. Quand les rouges comprendront que nous tenons bon, rien de grave ne pourra nous arriver. Précipiter les réformes et le partage des terres, oui. Céder à leurs exigences démesurées, non.

Il se tenait assis avec Olga sur la plus haute marche du perron comme ils avaient l'habitude de se tenir, jadis, quand ils étaient enfants. Aux tensions des trois derniers jours succédait une lassitude molle et bienfaisante. Adichka en bâillait de satisfaction. La peur disparue, il retrouvait son goût pour les choses les plus simples : la fraîcheur de l'air, l'ombre des grands arbres sur la prairie, la chienne Nutsy qui dormait à ses pieds. La présence de Nathalie, assise deux marches plus bas et qui s'interrogeait à voix haute sur l'éventualité d'aller dès le lendemain canoter sur le petit lac, renforçait cette passagère sensation de paix retrouvée.

Les funérailles d'Igor s'étaient déroulées sans incident. De nombreux paysans et ouvriers agricoles s'étaient succédé dans la crypte tout au long de la journée. Beaucoup de femmes se rendirent au manoir pour présenter leurs condoléances à la famille Belgorodsky et plus particulièrement à Maya, très aimée dans la région. Elle les avait reçues avec chaleur et gratitude et leur avait offert à toutes une collation. Nathalie, Olga, Xénia et Catherine l'encadraient. Catherine prenait très au sérieux son rôle de veuve. En fait elle avait décidé de regagner Petrograd dès le lendemain, avec ou sans les membres de sa famille. Cette résolution l'avait calmée mais son regard s'échappait toujours pour consulter les nombreuses pendules de la maison. Tandis qu'elle s'efforçait aux paroles convenues, aux remerciements d'usage, son esprit ne cessait d'enregistrer tout ce qu'elle détestait à Baïgora et à mesure que la journée passait, la liste s'allongeait. Là aussi sa décision était prise : Igor maintenant décédé, plus rien ne l'obligerait à venir l'été au manoir. Son petit garçon ? Elle le confierait à ses oncles et à ses tantes. Son futur enfant ? Idem. Catherine ne tenait pas rigueur à Nathalie pour la gifle de la veille. Mais elle avait retenu ses paroles : « L'enfant d'Igor est sacré. Nous nous en occuperons tous. »

De se retrouver comme jadis assise contre son frère sur la plus haute marche du perron rendait Olga rêveuse. Mille souvenirs l'assaillaient, heureux, cocasses. Parfois elle en relatait un à l'intention d'Adichka qui niait ou confirmait. Lui aussi était peu à peu gagné par cette nostalgie d'un soir due à l'absence momentanée de Micha et à celle définitive d'Igor. C'était doux de se rappeler leur enfance commune, leur

façon de grandir collés les uns aux autres
comme quatre chiots dans le même panier; les
étés qui se suivaient si pareils au début et si différents à mesure qu'ils entraient dans l'adolescence. C'était doux et nécessaire.

— Tu te souviens des temps de carême ? On
remplaçait le lait de vache par le lait
d'amandes... Tu te souviens comme on aimait
ça ? disait l'un.

— Et les quarantaines que maman observait
si scrupuleusement ? disait l'autre. C'est Igor qui
avait battu tous les records avec six mois de
réclusion quand il a attrapé à la suite la scarla-
tine, la rougeole, la varicelle et la coqueluche.

— C'est Vania qui le veillait. Maman n'allait
le voir que le matin, avec le médecin.

— À cause de la contagion.

Pour Nathalie qui les écoutait, Adichka et
Olga avaient de nouveau huit ans, dix ans,
quinze ans et pendant un instant elle en oublia
la guerre et la mort d'Igor. Seule comptait la
fugitive poésie d'un été passé, d'un lever de
soleil particulièrement éclatant, d'une partie de
chasse dans les premières brumes d'automne.
Adichka le premier se détacha du monde
enchanté de l'enfance.

— Tout ça est bien fini, dit-il. Tu verras que
tu seras obligée d'élever tes enfants à l'étranger.

— Ridicule ! Cette révolution est un épisode
comme il y en a eu plein dans l'histoire de notre

144

pays! Typiquement russe! Cela va se calmer d'un coup et tout redeviendra comme avant!

— Rien ne redeviendra comme avant. Au mieux les désordres vont durer des années.

— Cette révolution est un serpent! Elle tombera telle une peau de serpent!

«Et c'est reparti…» pensa Nathalie que la discussion du frère et de la sœur ennuyait d'emblée. Toute son attention se porta alors sur les étoiles et la lune presque pleine; sur la prairie que personne n'avait fauchée et qui bruissait doucement; sur leurs trois ombres qui se découpaient sur le sable de l'allée, au-dessous du perron. Il lui sembla déceler pour la première fois le parfum des lilas et cette senteur l'emplit d'une allégresse telle qu'elle eut envie de se lever, de courir seule dans les allées du parc et d'embrasser un à un les arbres préférés d'Adichka. En commençant par le plus chéri, le vieux et grand chêne qui faisait plus d'un mètre de diamètre et dont la masse imposante, au bord de la prairie, paraissait monter la garde.

17 mai 1917

Temps clair et chaud. Micha toujours au front. Pas de nouvelles de lui depuis quatre jours. Maman est rentrée à Petrograd en compagnie de Xénia, Catherine et des petites. Olga reste un peu pour m'aider à vérifier les comptes. Nous allons bientôt avoir besoin d'argent et je voudrais voir avec elle ce que nous pouvons vendre. Elle et Nathalie se sont baignées pour la première fois dans la rivière. Muguet en fleur. Du lilas partout qui embaume. Les iris s'épanouissent. Dans les bois les clairières sont couvertes de myosotis. C'est la fin des ciels pommelés.

20 mai 1917

Nous sommes allés à l'est du manoir, là où la rivière fait un coude et où paissent mes troupeaux de chevaux. Désagréable surprise de constater que les villageois y ont mené aussi leurs chevaux qui paissent n'importe comment et font des dégâts. Quand je leur ai demandé de quitter ma propriété, ils m'ont menacé d'empoisonner mes prairies.

21 mai 1917

Sérieuse dispute entre ma femme et ma sœur. Olga passe ses journées à l'hôpital. Le soir elle vérifie avec moi les comptes de la propriété. Nathalie travaille tout le temps son piano, ce qui irrite prodigieusement Olga. « Tu as plein de choses plus importantes à faire », lui reproche-t-elle. Et comme Nathalie ne daignait même pas répondre : « Des milliers de Russes meurent tous les jours. Qu'est-ce que tu attends pour être enceinte ? Ça va durer jusqu'à quand cette adolescence prolongée ? » Nathalie s'est fâchée. « Je suis chez moi ici et chez moi je fais ce que je veux. » La Russie est sur le point de sombrer et les belles-sœurs se disputent !

25 mai 1917

Réunions et assemblées, partout, tout le temps. Le soir je lis l'*Histoire de la Révolution française* de Michelet et Nathalie *Lucien Leuwen* de Stendhal. Olga est repartie plus tôt que prévu.

Elle et Nathalie se sont réconciliées mais Olga demeure très critique à son égard.

27 mai 1917

Les serviteurs réclament une augmentation de leurs gages et menacent de faire grève. Longues discussions avec eux puis avec les jardiniers. Comme ils refusent de travailler j'ai fauché moi-même la grande prairie devant la maison. Nathalie a voulu m'aider mais elle s'est tout de suite coupée au pied. Elle boitille avec bonne humeur, s'occupe de sa roseraie, lit et fait du piano. Je lui ai interdit de se baigner seule dans la rivière.

28 mai 1917

Nicolas Lovsky est venu m'aider et nous avons fauché toute la journée dans le parc. Nathalie s'est baignée dans la rivière avec Bichette.

29 mai 1917

Sorokinsk où j'ai présidé la commission de mobilisation. Examen médical pour ceux qui cherchent à se faire réformer. Comme ils refusent de rejoindre le front, ils hurlaient et faisaient du scandale. Pagaille indescriptible. Sans parler de ceux qui se cachent afin de ne pas être mobilisés. La plupart du temps, leur famille est complice.

31 mai 1917

Dans toutes les villes des environs des scandales se succèdent. Les paysannes réclament trois fois leur salaire journalier, les paysans cinq fois le leur. J'ai demandé une réunion du comité des serviteurs qui réclament, eux, le double de leur salaire.

3 juin 1917

Longs pourparlers avec le comité des serviteurs. Désaccords. Ils menacent de faire grève. J'ai proposé qu'une cellule de conciliation tranche la question. Les prairies de la propriété sont sérieusement endommagées. Quatre de mes chevaux ont disparu. J'ai porté plainte pour vol.

4 juin 1917

Le comité des serviteurs s'apprêtant à faire grève, j'ai par le biais d'Oleg, le régisseur, proposé un compromis. Nous attendons leur réponse. Nouvelles alarmantes : les soldats désertent en masse quand ils ne fraternisent pas avec l'ennemi. À part le gouvernement provisoire qui délibère et les soviets qui conspirent, personne ne fait rien. Voir mes paysans et mes ouvriers se vautrer dans l'inaction me met en rage.

6 juin 1917

En fin d'après-midi, à Baïgora, une foule énorme de paysans armés de piques et de bâtons a envahi la propriété. Ils ont organisé un meeting dans la cour de ferme. Oleg, notre régisseur, a pris peur et est venu nous supplier Nathalie et moi de nous enfuir. Je suis allé en personne m'enquérir de ce qu'ils voulaient. Leurs chefs exigent que je chasse Oleg et menacent de l'exécuter si je ne le fais pas dans les vingt-quatre heures. Puis ils ont ordonné à nos serviteurs qui avaient cessé de faire grève suite aux augmentations que je venais de leur accorder de réclamer encore et encore plus. Pacha a courageusement essayé de tenir tête à l'un des révolutionnaires. En vain. Elle a regagné les cuisines en pleurs sous les huées de la foule. Il est onze heures, la foule consent enfin à quitter la propriété.

7 juin 1917

Comme hier, des centaines de paysans se sont rassemblés toute la journée autour de la maison, dans la propriété. Ils réclamaient toujours le renvoi de mon régisseur. Après avoir longuement réfléchi, je suis allé trouver les meneurs pour leur annoncer que je congédiais Oleg. La foule s'est alors dispersée en chantant. Micha brièvement au téléphone. En riant, il me dit : «Je combats aux quatre points cardinaux. C'est tellement difficile que j'en suis tout joyeux.» Il m'annonce une prochaine permission.

11 juin 1917

Chaleur de Sahara. Nous avons passé la journée chez Bichette et Nicolas. Deux de leurs granges ont été incendiées cette nuit. Bichette souhaite rentrer à Petrograd car elle ne se sent pas en sécurité. J'ai vivement conseillé à Nathalie de se joindre à elle. Refus catégorique de Nathalie. «Je n'ai pas peur», dit-elle. Du coup, Bichette retarde son départ. Sur le chemin du retour, arrêt à Vorinka et longue discussion avec les bolcheviques à propos des réformes annoncées par le gouvernement provisoire.

14 juin 1917

Je cherche sans succès un nouveau régisseur. Hier soir, en faisant le tour du parc, j'ai surpris des femmes qui volaient le bois mort. Ce matin, une dizaine de mes paysans sont venus me réclamer soixante déciatines de terrain à la place des quarante-sept sur lesquels nous nous étions mis d'accord. Discussions interminables. J'essaie de leur démontrer leur mauvaise foi. Je les renvoie ensuite aux terres en jachère qu'ils doivent fumer et chauler, aux dernières semailles de chanvre et de sarrasin et aux prairies artificielles à faucher d'urgence. À la fin, l'un d'entre eux me répond : « Comme tu veux, Votre Excellence, mais nous, nous sommes pour Lénine et nous ne le quittons pas d'une semelle. » Micha n'arrive toujours pas, la circulation devient de plus en plus impossible. Si les conditions générales ne changent pas, nos transports s'arrêteront dans six mois. On va à la destruction totale du réseau ferroviaire russe. Les jardiniers n'arrosent pas assez le jardin potager : je ne cesse de leur dire qu'en cette saison ils doivent avoir sans relâche l'arrosoir à la main.

15 juin 1917

Avec Nathalie j'ai attendu deux heures Micha à la gare de Volossovo. En vain. Cette gare si jolie, fierté de notre province, n'est plus qu'un grouillement de paysans, de soldats, de civils et de malades qui attendent des heures l'arrivée d'un train. Il faut les voir se battre pour prendre d'assaut le moindre wagon à bestiaux.

16 juin 1917

Toute la journée d'hier à Galitch avec Nicolas Lovsky. Réunion du commissariat, du soviet des députés des soldats, de la commission agraire et de la commission du ravitaillement. Partout l'anarchie et la confusion. Profitant d'une combinaison complexe de voitures, d'automobiles et de chemin de fer, Micha est arrivé en début d'après-midi. Il dort. Nathalie entame une deuxième lecture de *La Princesse de Clèves* en français. Le soir, elle me le traduit en russe. Nous n'avons pas fait de musique ensemble depuis une semaine, mais elle travaille tous les jours son piano.

La visite des caves avait, au début, réconforté Adichka. Ils disposaient de centaines de bouteilles, la plupart millésimées. Des vins de Crimée et de Hongrie, bien sûr, mais surtout de grands crus de Bourgogne et du Bordelais que trois générations de Belgorodsky s'étaient plu à sélectionner puis à entreposer dans la cave de Baïgora. L'ensemble se vendrait à bon prix, même en temps de guerre, comme l'expliquait patiemment Adichka à son frère cadet.

Celui-ci, d'accord sur le principe au début de l'inspection, se laissait gagner par une sentimentalité de plus en plus tenace, de plus en plus irraisonnée. Confronté à toutes ces prestigieuses bouteilles, il rappelait le soin qu'on avait mis à les rassembler, le bonheur qu'auraient les générations futures et eux-mêmes à les déguster. Il avait d'ailleurs choisi un bordeaux rouge premier cru château-lafite qu'il avait aussitôt ouvert. Et c'est un verre à la main qu'il déambulait dans la cave, passant d'un casier de bouteilles à un autre, revenant sur ses pas et s'extasiant à haute voix. Ses deux barzoïs, les yeux mouillés d'amour, le suivaient pas à pas.

— Château-margaux, encore un bordeaux premier cru ! Et le deuxième cru : léoville, rausan, monthoux ! Et les bourgognes rouges : côte-de-nuits, clos-vougeot, chambertin, musigny ! Et les côtes de beaune : corton, volnay, savigny, santenay, mercurey !

À l'entendre on aurait pu croire qu'il évoquait des personnes vivantes et aimées. Devant tant d'enthousiasme, Adichka ne pouvait s'empêcher de sourire. Comment avait-il eu la naïveté de penser que son petit frère accepterait de se séparer de ses principales passions, les chevaux de course et les bons vins ? Il aurait dû régler ça avec Olga, quinze jours auparavant.

La cave était bien aérée, la température fraîche et sèche à la fois. Le sable de la rivière tapissait le sol. Sur une table un plateau et des verres en cristal invitaient à la dégustation.

— Pour le vin, l'année a une importance capitale, pérorait Micha. Tel grand cru de bordeaux ne vaut rien une mauvaise année. Mais notre château-lafite… un seigneur !

Il se servit un nouveau verre et en tendit un à Adichka.

— Et tu manquerais de cœur au point de vendre ce trésor familial ?

Il se baissa de manière à voir la dernière rangée de casiers à bouteilles. L'éclairage électrique étant insuffisant, il alluma une bougie.

— Montrachet! Meursault! Chablis! Pouilly! Je ne savais même pas qu'on avait des bourgognes blancs!

Il promenait la flamme de la bougie de l'autre côté du casier.

— Et des beaujolais rouges! Je crois n'en avoir jamais bu!

Il sortit quelques bouteilles et les aligna sur le sable de l'allée. Une joie gourmande illuminait son visage. La même que lorsqu'il chevauchait son alezan préféré.

— Moulin-à-vent, fleurie, morgon, brouilly… Rien que des vins que je ne connais pas. On les essaie dès ce soir.

— Il ne s'agit pas de les boire mais de les vendre, dit doucement Adichka. Les récoltes ne rapporteront rien; les augmentations incessantes des gages des uns et des autres et le partage des terres vont nous laisser sans argent.

Mais Micha ne voulait rien entendre. Il venait d'aviser un casier fermé à clef qui attira aussitôt toute son attention. Agenouillé dans le sable, il essaya successivement toutes les clefs du trousseau que lui avait confié Pacha. Il riait de ses tentatives infructueuses. Enfin la serrure céda.

— Des bouteilles de «derrière les fagots» comme disent les Français…

Au silence respectueux qui s'ensuivit, Adichka devina que son frère avait mis la main sur ce

qu'il considérait, lui, comme le trésor de la cave.
Et pour bien montrer que rien de ce qui était
entreposé là ne lui était étranger, il dit simplement :

— Château-yquem.

Kostia le majordome et quelques servantes
servaient toujours au manoir malgré les fré-
quentes consignes de grèves. À les voir travailler
dans le calme et la bonne humeur on aurait
pu croire que Baïgora échappait au désordre
ambiant. Micha se laissait prendre à cette trom-
peuse apparence et s'émerveillait que la propriété de son enfance soit à ce point préservée.
Adichka n'avait pas le courage de le détromper.
Il minimisait certains faits et en occultait
d'autres. Son frère repartait le lendemain au
front, à quoi bon l'inquiéter ?
Durant le dîner, sa gaieté avait très vite
gagné Nathalie. C'était à qui raconterait l'anecdote la plus drôle, à qui inventerait le plus
absurde potin mondain. Nathalie avait pour la
première fois de sa vie goûté au château-yquem
et s'en déclarait enchantée. Adichka les laissait
s'amuser comme il l'aurait fait avec deux
enfants. Il serait toujours temps, plus tard dans
la soirée, de reparler de la vente pour lui inévitable des grands crus et des chevaux de course.
Entre deux éclats de rire, le regard de Nathalie
venait se poser sur lui. À sa façon de plisser les
yeux, il lisait à quel point il lui était cher. Ces

petits messages amoureux apaisaient très momentanément l'inquiétude qui depuis des mois ne le quittait plus.

Mais après le dîner, dans le petit salon framboise, l'humeur changea brusquement.

Micha avait ouvert une troisième bouteille de château-yquem et attendait debout que le précieux vin s'aère. Il fixait un point au-dessus de la cheminée en marbre rose, silencieux, comme frappé de stupeur. Aux questions d'Adichka et de Nathalie, il ne répondait plus que par de hasardeux monosyllabes. Nathalie avait alors repris la lecture de *La Princesse de Clèves* tandis qu'Adichka se plongeait dans un ouvrage de botanique. Et puis Micha se mit à parler.

D'une voix atone il raconta l'horreur quotidienne d'une guerre qu'il ne comprenait plus ; les séditions de plus en plus nombreuses au sein des garnisons et les massacres d'officiers qui s'ensuivaient presque inévitablement. Il raconta ensuite ce qu'il avait vécu, lui, sur le front Ouest, pendant qu'on enterrait Igor.

— Seize jours d'un combat inhumain soutenu par la deuxième division de tirailleurs... Seize jours d'un tonnerre infernal vomi par l'artillerie lourde des Allemands... Leur feu rasait littéralement des tranchées entières... J'ai vu mourir presque tous mes hommes. Nous ne ripostions pas car nous n'avions rien pour riposter... Nos régiments, épuisés, affamés, repoussaient les attaques l'une après l'autre à coups de baïonnette... Deux régiments furent anéantis rien que par le feu... Cet enfer a duré seize jours.

La voix de Micha faiblissait jusqu'à devenir inaudible. Nathalie et Adichka n'osaient l'interrompre pour lui dire de répéter, de parler plus fort. Le cœur serré ils suivaient sur le visage hanté de Micha le récit d'une souffrance que même à Baïgora, dans la maison heureuse de l'enfance, il ne pouvait pas oublier.

Et de voir pour la première fois la détresse de celui qu'il considérait comme « le petit frère » bouleversa Adichka. Il quitta brusquement son fauteuil et le prit dans ses bras. Une étreinte passionnée, presque brutale. Micha alors éclata en sanglots. Des sanglots bruyants, convulsifs dont on aurait pu croire qu'ils allaient l'étouffer. Des paroles désordonnées sortaient en rafales. Il était question d'Igor tué par une stupide balle perdue ; d'une église de campagne que des soldats devenus enragés avaient profanée dans l'indifférence générale et sans qu'il puisse tenter quoi que ce soit pour les empêcher ; d'une horde d'enfants affamés et orphelins qui erraient aux abords d'une ville et dont il ne pouvait oublier les regards hallucinés ; de ses amis et compagnons tués ou amputés dont il égrenait les noms et prénoms comme s'il voulait qu'Adichka et Nathalie les gravent pour toujours dans leur mémoire.

Puis les sanglots et les larmes s'apaisèrent et

l'étreinte des frères se relâcha. Micha recula pour s'essuyer le visage avec un pan de sa chemise. Brisé par le vin et l'émotion il avançait de biais, tel un ours. Nathalie, encore sous le choc de ces récits, lui tendait son mouchoir. Micha contempla avec curiosité le joli petit morceau de soie brodée aux initiales de sa belle-sœur et le lui rendit.

— C'est une nappe qu'il me faudrait, dit-il.

Et avisant la bouteille de château-yquem et les trois verres que le majordome avait posés devant la cheminée :

— Nous allons boire à la vie qui continue, à nos enfants qui grandissent et à la guerre qui finira bien un jour. Quand la bouteille sera vide, j'irai en chercher une autre et toi, Nathalie, tu vas te mettre au piano. Mais attention, tu ne vas pas nous servir tes habituels Chopin, Beethoven ou Bach, bien trop solennels pour mon goût. Je veux des mélodies russes très sentimentales, du genre *Il y a longtemps que les chrysanthèmes sont fanés*.

D'une voix de stentor, il entonna :

Dans mon jardin
Les chrysanthèmes sont fanés depuis longtemps
Mais l'amour reste dans mon cœur...

— C'est pas du tout la mélodie, protesta Nathalie déjà au piano. Tu chantes complètement faux !

— Peu importe, joue ! Ma dernière nuit de permission sera russe ou rien ! Et après, quand le jour se lèvera, je vous chanterai ce que nous chantons dans les tranchées pour nous donner du courage. Il y a un chant révolutionnaire mais magnifique que je connais par cœur. *L'Internationale,* comme ils l'appellent.

19 juin 1917

Des désordres partout. Chez moi, ambiance détestable. Je vais demander que Baïgora soit placé sous surveillance militaire officielle.

20 juin 1917

Vorinka, assemblée des propriétaires fonciers. Puis Galitch. Réunion du commissariat, du soviet des députés des soldats, de la commission agraire et de la commission du ravitaillement à propos de la protection de Baïgora. Ma demande a été acceptée très facilement. Baïgora étant une des propriétés les plus importantes de Russie, ils ont autant intérêt que moi à tout mettre en œuvre pour la protéger.

22 juin 1917

Les délégués des quatre comités de Galitch sont venus rétablir l'ordre à Baïgora où ils ont trouvé une foule de femmes et d'enfants dans le jardin et dans le parc qui pillaient mes vergers. Dans la soirée, simoun, ouragan, éclairs et nuages de poussière. Nathalie devient nerveuse, mais elle accuse « l'orage qui rôde mais n'éclate pas ». Je la soupçonne d'inventer n'importe quoi pour ne pas m'inquiéter.

24 juin 1917

Visite du colonel Vodzvikov envoyé par le commissaire à la direction générale des haras. Il me certifie que nos chevaux « sont toujours parmi les plus beaux de Russie ». L'idée de les vendre me serre le cœur. Il le faut pourtant.

28 juin 1917

Depuis que les soldats montent la garde, le calme revient peu à peu à Baïgora. Si cela continue, nous commencerons les moissons à la date prévue. Nouvel afflux de blessés de guerre à l'hôpital. Ai baptisé le petit-fils de Nikita, mon maréchal des logis à la retraite, socialiste de la première heure, que Nathalie protégeait il y a de cela encore quelques mois de stupides tracasseries policières. J'ai fait mettre le bétail au régime vert complet.

1er juillet 1917

Les paysans ont recommencé à empoisonner les fourrages. Les domestiques, eux, se sont calmés : aucune grève, ils travaillent tous.

2 juillet 1917

On a partiellement détruit la roseraie de Nathalie. J'ignore si ce sont des gens de chez nous ou de villages plus éloignés. Pacha prétend avoir vu une bande d'adolescents parmi lesquels elle est certaine d'avoir reconnu Alexis, un des meilleurs jeunes chanteurs du chœur. Nathalie et moi l'avons convoqué pour un interrogatoire. Alexis est arrivé sans enlever sa casquette, avec une insolence que nous ne lui connaissions pas. Comme il niait, Nathalie, très en colère, l'a giflé. Son visage d'ange est devenu celui d'un démon. Il s'est permis de menacer Nathalie et très en colère à mon tour, je l'ai jeté dehors en lui donnant l'ordre de ne plus jamais se représenter devant nous. Je regrette que nous nous soyons ainsi emportés.

3 juillet 1917

On a commencé les moissons de céréales :
seigle, avoine d'hiver, froment, orge et avoine de
printemps.

7 juillet 1917

Les moissons sont terminées. Les soldats qui
montent la garde ne sont intervenus à aucun
moment. Calme relatif alors qu'à Sorokinsk
l'anarchie règne. On a remis les chevaux au
fourrage sec, les autres animaux restent au
régime vert. Je fais multiplier les arrosages de
fleurs, commencer les bouturages et marcotter
les œillets. J'essaie de garder une heure par jour
pour faire du violon.

9 juillet 1917

Bichette et Nicolas Lovsky de retour de Petrograd sont venus déjeuner chez nous avec des
nouvelles fraîches de la capitale. Ils nous ont
raconté comment ils ont rencontré sur le pont
Anitckhov une foule d'ouvriers armés, alliés aux
marins de Kronstadt et comment ils se sont
trouvés au milieu de la fusillade. Ils ont finale-
ment réussi à se mettre à l'abri des tirs. La

fusillade a duré toute la journée scandée par le slogan « À bas les ministres capitalistes ». Le soir ils sont allés quai de la Fontanka chez maman où une partie de la famille était réunie. Tout va bien.

12 juillet 1917

Zemskoï, le nouveau président du comité foncier, est un enseignant qui n'a jamais mis les pieds à la campagne. C'est un démagogue lâche et opportuniste et pour ne rien arranger, un ivrogne épileptique. Ce choix est extrêmement dangereux pour le canton. Comment obtenir son renvoi ? Maman m'écrit qu'il serait plus prudent de s'en aller tous passer quelques mois dans la propriété de la famille de Xénia, en Crimée. Mais outre mes responsabilités multiples à la tête de nombreuses commissions, il y a les futures récoltes, les dégâts dans les prés, les coupes, les troupeaux affamés, les chevaux de course et les grands vins français que je n'arrive pas à vendre. Nathalie refuse de partir sans moi. Elle semble se désintéresser de ce qui reste de sa roseraie et passe le plus clair de son temps au piano. Hier soir, pour la première fois depuis des semaines, je l'ai accompagnée au violon. La musique nous repose et nous console.

16 juillet 1917

Durant la nuit, l'un des soldats chargés de surveiller les réserves d'État d'alcool s'est introduit dans le local par une lucarne pour voler de l'alcool. Comme il était tard et qu'il faisait noir, cet abruti n'a rien trouvé de mieux que de frotter une allumette. La citerne a explosé et l'incendie s'est déclaré. Le soldat est en miettes. Les autres soldats de la garde se sont précipités dans la cour et se croyant attaqués, ont ouvert le feu n'importe comment, dans toutes les directions. Les paysans et les domestiques réveillés en sursaut couraient dans tous les sens craignant de nouvelles explosions. Les plus courageux restés pour éteindre l'incendie ont essuyé les tirs de la garde affolée. J'ai eu beaucoup de mal à comprendre ce qui se passait, qui tirait sur qui, puis à organiser les secours. L'incendie a été maîtrisé peu avant l'aube. Bilan : un mort, des blessés légers, deux bâtiments entièrement détruits et mes pelouses et mes parterres complètement piétinés. J'ai demandé une enquête officielle.

17 juillet 1917

Inspection des troupeaux avec mon nouveau régisseur. Sur le chemin du retour j'ai dû chasser les chevaux des paysans hors de mes cultures d'herbes fourragères. On m'apprend que l'Ukraine fait sécession et proclame son autonomie.

20 juillet 1917

La visite du commissaire à la direction générale des haras a été repoussée de quinze jours. Les jardiniers se sont remis au travail. J'ai fait enlever les bordures de buis nains écrasés par la foule pour replanter d'autres buis nains : c'est ce qu'il y a de plus solide et de plus facile à prendre. Toutes les fleurs des plates-bandes autour de la maison ont été renouvelées.

22 juillet 1917

Des amis français de Nathalie lui ont envoyé un colis contenant quatre paires d'espadrilles en corde de couleurs différentes. Posté de Biarritz début décembre 1916 le colis aura mis huit mois pour arriver jusqu'à nous. C'est peu si l'on songe à l'état de la poste, des moyens de transport, bref de la Russie. Nathalie folle de joie crie au miracle.

Assise devant le piano, le nez dans les partitions de musique, Nathalie eut à peine conscience de l'entrée dans le salon du nouveau régisseur. Elle n'avait pas entendu non plus ce qu'il avait dit à Adichka. Mais elle avait été surprise par la violence avec laquelle son mari avait rejeté ses dossiers ; la rapidité de son départ et sa course, maintenant, vers l'allée centrale du parc. Elle se précipita à la fenêtre, l'appela. En vain. Adichka ne l'entendait pas ou ne voulait pas l'entendre. Mais avant qu'il ne disparaisse derrière le grand chêne, elle avait aperçu l'éclat métallique du revolver qu'il tenait à la main droite. Sans réfléchir elle se lança à sa poursuite.

Après, seulement, elle s'étonna de n'avoir rencontré personne. Pourtant c'était l'heure où les paysans et les ouvriers, leur journée de travail achevée, s'en retournaient chez eux. Il avait un peu plu ces derniers jours. De petites pluies fines d'été qui rafraîchissaient l'air et redonnaient vie aux plantes. Les prairies lui parurent plus vertes et sous les arbres le sable des allées était encore mouillé. Nathalie sautait d'un pied sur l'autre pour éviter les flaques et préserver ainsi les espadrilles neuves étrennées la veille. À trois reprises elle cria le nom d'Adichka.

Ce fut un coup de feu qui lui indiqua la direction à suivre. À l'inverse exactement du tennis où elle se dirigeait. Rebroussant chemin Nathalie maintenant courait oubliant les flaques, le sable mouillé et les précieuses espadrilles françaises.

Au débouché d'une allée, elle vit l'enclos aux biches et Adichka de dos, un genou à terre. Il tenait encore son revolver à la main. À ses pieds gisait une biche ensanglantée. Nathalie en hurla de peur.

— Ne t'approche pas… Va-t'en…

Adichka s'était retourné vers elle. Son regard exprimait tout à la fois le dégoût, la colère et la pitié. À sa manière d'incliner le buste, il semblait vouloir masquer le cadavre de la biche. À peine trois mètres le séparaient de Nathalie. Celle-ci, pétrifiée, découvrait ce qui restait de l'enclos.

Sous les arbres, dans la douce lumière du crépuscule, Nathalie voyait distinctement sept cadavres de biches. Certaines avaient été égorgées, d'autres affreusement mutilées. Le sang répandu partout faisait de grandes traînées brunes sur l'herbe. De la cabane construite l'hiver dernier, il ne restait plus rien.

— On les a massacrées avec une cruauté inouïe, dit Adichka. Toutes. Tu peux les compter. La huitième vivait encore mais avait la colonne brisée. J'ai dû l'achever.

Des larmes s'étaient mises à couler sur le visage amaigri d'Adichka tandis que sa main caressait le museau encore brûlant de fièvre de la biche aux yeux noirs, humides et tendres.

— Celle-ci allait bientôt avoir des petits...

Mais Nathalie n'entendait plus. Elle courait droit devant elle, indifférente aux branches qui la fouettaient, aux buissons et aux ronces qui griffaient. À deux reprises elle se prit les pieds dans une racine et tomba de tout son long au bord du chemin. Pour se relever avec plus d'énergie encore. Elle courait vers la rivière, vers l'eau et les courants qui l'emporteraient loin ; vers l'oubli qu'elle désirait plus que tout au monde. Et quand enfin elle arriva à la rivière, ce fut comme une réponse à son désespoir. Son plongeon effacerait tout : le sang sur l'herbe, les jolies biches égorgées, la folie meurtrière d'un monde dont elle ne voulait plus.

Plusieurs heures après, tandis qu'elle grelottait encore de terreur et de froid malgré le feu dans la cheminée, les nombreuses couvertures et les soins constants de Pacha, Nathalie consentit enfin à répondre aux questions angoissées de son mari. « Je crois que j'ai voulu mourir », dit-

elle avec simplicité. Et devant l'effroi que susci-
tait cet aveu aussi bien chez Pacha que chez
Adichka : «J'ai manqué de foi dans la vie. Pardonnez-moi. »

25 juillet 1917

Nouvelle réunion du soviet des députés des soldats, de la commission agraire et du ravitaillement pour renforcer la protection militaire de Baïgora. Le massacre ignoble des biches a suscité peu d'indignation et seule celle des prisonniers de guerre allemands qui travaillent dans mes écuries était sincère. De plus en plus chacun n'est préoccupé que par sa propre survie ou son intérêt immédiat. Il n'y a plus de solidarité. Nathalie joue du piano jusqu'à épuisement. Elle se donne à la musique avec une passion qui touche au fanatisme.

26 juillet 1917

Vorinka. Empoignade avec Zemskoï, le président du comité foncier.

27 juillet 1917

Deux poulains sont nés hier. Nathalie oublie un peu son piano et passe beaucoup de temps à l'écurie. Elle apprend à les soigner. Mort de la tante de Bichette suite à une longue pneumonie.

28 juillet 1917

Vorinka. Galitch. Assemblée pour la première fois de l'union des propriétaires fonciers. Quatre-vingts personnes. Tout s'est bien passé. L'enquête sur le massacre des biches piétine, tout le monde s'en fiche. Nathalie soupçonne le jeune Alexis et ses camarades. Aucune preuve.

1ᵉʳ août 1917

Baïgora. Pluie sans interruption toute la nuit et toute la journée. Partout de la boue. Nous ne sommes pas sortis. On a beaucoup lu et fait un peu de musique. Nathalie devient une excellente pianiste ; à côté d'elle je suis un amateur. J'aime son jeu fluide et naturel, son autorité et ce don inné du phrasé juste.

3 août 1917

Les pluies ont fortement endommagé les chemins. Personne pour les déblayer. Malgré cela Nathalie et moi sommes allés déjeuner chez Bichette et Nicolas. Ils hésitent sur l'endroit où enterrer leur tante en raison des attaques possibles des paysans. Lettre indignée de mon frère Micha en réponse à mon courrier lui annonçant la naissance des deux poulains. Il ne tolère pas de n'avoir pas été consulté pour le choix de leur nom se considérant comme le spécialiste de la famille en matière de chevaux. Je vais être obligé de lui rappeler que ce sont nos poulains et pas les siens.

4 août 1917

À la demande insistante de Nathalie nous sommes allés aux champignons. Avec les pluies de ces derniers jours on en trouve à foison. Nous avons fureté longtemps en scrutant le sous-bois mouillé sans rencontrer personne, dans la paix merveilleuse de la forêt. À chaque bolet, les narines de Nathalie se dilataient de plaisir. Nous avons rapporté quatre paniers. Au manoir tout est calme.

5 août 1917

Toute la journée à Galitch. Union des propriétaires. L'après-midi j'ai présidé la commission de mobilisation.

7 août 1917

Toute la journée avec le nouveau régisseur
nous avons examiné les vaches, les veaux, les taureaux et les chevaux. Le mil est mûr, on fait le
battage et on ouvre les silos.

10 août 1917

Baïgora. Temps couvert, petites pluies. Maman
m'écrit de Petrograd et me supplie de quitter la
propriété quelques mois pour rejoindre Xénia
et une partie de la famille à Yalta. Mon fidèle
majordome me tient depuis quelques jours le
même discours. Il est très inquiet pour Nathalie
et moi. Il juge que la situation s'aggrave et que
je ne peux plus rien faire. Il craint pour nos vies.
À lui, je réponds la vérité, c'est-à-dire qu'à titre
personnel je suis tout à fait d'accord avec son
analyse et qu'il serait plus raisonnable, voire
utile de rejoindre maman à Petrograd, mais que,
en qualité de maréchal de la noblesse du canton

et en qualité de président de la commission de mobilisation, je suis tenu de rester sur place pendant la guerre. M'en aller même deux mois reviendrait à déserter. En revanche il faut trouver un moyen d'éloigner Nathalie. Je compte pour cela sur l'appui de maman à qui je minimise tout ce qui se passe ici. En post-scriptum, maman m'annonce que Catherine est enceinte de sept mois. De penser à la joie qu'en aurait eue mon frère Igor me serre le cœur. J'en ai parlé à Nathalie qui le savait déjà. Elle a eu pour Catherine des mots très durs.

11 août 1917

Temps couvert, pluie toute la journée. Après le thé Nathalie et moi avons fait le tour du parc en imperméable. Partout de nouveaux actes de vandalisme. Des femmes volaient des fruits dans le verger. Je n'ai pas réussi à les chasser. Les soldats chargés de faire respecter l'ordre à Baïgora semblent impuissants.

12 août 1917

Tôt le matin, nous avons entendu le tocsin sonner dans un village voisin. Puis un millier de personnes ont envahi la propriété en réclamant ma présence. Malgré le premier lieutenant Gergev qui m'exhortait à m'enfuir, je les ai rejoints dans la cour. Agressivité et confusion. On me demandait pourquoi j'avais donné l'ordre aux soldats de tirer sur eux la nuit de l'explosion du bâtiment abritant les réserves d'alcool. Le temps de leur expliquer le stupide malentendu, ils en sont venus à un vieux règlement de compte avec mon père, puis à des offenses qui remontaient au temps du servage. Aucun dialogue possible. Je suis resté debout trois heures avec eux pour rien. Ils ont fini par se disperser en me menaçant de revenir plus nombreux et armés. Les soldats chargés de notre protection étaient impuissants, maintenant ils sont terrifiés ! Nouvelle tentative pour empoisonner mes prairies. Je dois me résoudre à détruire le pont pour empêcher les paysans de l'utiliser. Après cela ils devront, pour me nuire, passer près du manoir.

13 août 1917

Baïgora. Temps couvert. Pluies fortes à plusieurs reprises. Vent du sud très violent. On est peu sortis, on a beaucoup lu et fait de la musique. Nathalie souhaite que nous apprenions la sonate numéro 7 de Beethoven. Je lui ai promis de trouver du temps pour commencer nos répétitions. Il faudrait que nous soyons en mesure de l'interpréter en concert pour les fêtes de fin d'année.

[À l'écriture grande, ferme et régulière d'Adichka, succède une autre écriture désordonnée et minuscule; ce qu'on appelle «une écriture de chat». C'est celle de Nathalie. Avec une certaine difficulté, on peut lire : «C'est ce jour-là que prennent fin les notes de la main d'Adichka dans le *Livre des Destins.*»]

Une foule d'environ mille cinq cents personnes s'était rassemblée devant le manoir. Au
même instant, côté cuisine, Adichka suppliait
Nathalie de partir se réfugier chez Bichette et
Nicolas Lovsky. Le cocher, de sa propre initia-
tive, avait en hâte attelé un cabriolet afin de l'y
conduire. Pacha, le majordome et les servantes
insistaient pour qu'elle se presse. Quant à la
dizaine de soldats qui un quart d'heure auparavant avaient donné l'alerte, ils ne savaient plus
que répéter : « Sauvez-vous, sauvez-vous. » De
tous, c'étaient les plus affolés. « Vous êtes là pour
assurer notre protection et vous êtes armés.
Faites votre devoir, conduisez-vous en hommes »,
dit froidement Adichka. Puis à Nathalie qui refusait de monter dans le cabriolet : « *We are wasting
time. Please, go, it will be much easier for me.* » Qu'il
s'adresse à elle en anglais eut sur Nathalie un
effet immédiat : quels que soient ses sentiments,
elle se devait de lui obéir. Un dernier et long

regard, un pauvre petit sourire crispé et elle grimpa dans le cabriolet.

Mais c'était déjà trop tard.

Une partie de la foule avait contourné le manoir et avisant la berline et les chevaux bloquait l'accès aux chemins. Le cocher hésitait : à coups de fouet, il pouvait encore se frayer un passage. « Conduis la princesse chez les Lovsky ! » lui cria Adichka. Mais Nathalie en décida autrement. Aussi vite elle était montée, aussi vite elle sauta à terre. Son sourire quand elle rejoignit Adichka était presque joyeux. « Faisons face ensemble », murmura-t-elle en glissant sa main dans la sienne. Était-ce son courage ? La peur qu'il sentait monter aussi bien chez les soldats que chez Pacha et le majordome ? La course désordonnée des servantes vers les cuisines ? Adichka retrouva l'assurance qui lui faisait défaut quelques secondes auparavant quand il ne songeait qu'à la fuite de Nathalie. « Faisons face ensemble », répéta-t-il. La main dans la main, ils allèrent en direction de la foule et pendant un instant on aurait pu croire qu'ils marchaient au-devant de leurs invités.

Dans plusieurs villages des environs, le tocsin sonnait.

EXTRAIT D'UN RAPPORT
DU PROCUREUR DU TRIBUNAL RÉGIONAL
DE SOROKINSK

Le prince Belgorodsky, qui voulait empêcher les paysans d'empoisonner ses prés grâce au pont qui desservait sa propriété à l'est, prit des dispositions pour démolir ce pont. Cette décision suscita la vive colère des paysans qui, lors d'une réunion au village, décidèrent d'empêcher par la force sa mise en œuvre en se rendant chez le prince afin d'exiger l'annulation de sa décision. Le lieutenant Gergev, chef de patrouille, et Constantin, instructeur du conseil de ravitaillement, désignés par le canton pour assurer la protection du prince, se trouvaient présents à cette réunion. Ils exhortèrent les paysans à ne pas recourir à la force mais ceux-ci restèrent sur leurs positions. La foule était d'humeur hostile non seulement à l'égard du prince, mais également à l'égard du lieutenant-chef de patrouille Gergev à qui on reprochait de servir les intérêts des propriétaires et de l'ancien régime. Face à l'excitation de cette foule armée de fourches et de piques et qui les serrait de près, Gergev et Constantin sautèrent dans une carriole pour prévenir le prince du danger imminent. La foule s'élança à leur poursuite et ce n'est qu'en abandonnant la carriole et en traversant la rivière à la nage pour rejoindre la propriété de Baïgora que Gergev et Constantin purent s'échapper. Par deux fois, Gergev tira en l'air afin d'appeler au secours les soldats présents au manoir. Constantin, plus rapide, arriva le premier et conseilla au prince de partir. Ce dernier refusa, convaincu qu'il pourrait s'entendre avec les paysans. Lorsque ceux-ci envahirent la propriété, il marcha à leur rencontre en compagnie de la princesse qui avait elle aussi refusé de s'enfuir. Contrairement à ce qui avait eu lieu à d'autres reprises, on ne laissa jamais au prince la possibilité de s'exprimer loyalement. On lui reprochait de vouloir détruire le pont, de ne pas donner toutes ses terres et de garder pour ses troupeaux ses meilleurs pâturages. Les plus anciens lui reprochèrent toutes sortes d'actions attribuées à son père et à son grand-père. Les femmes s'en prirent à la princesse qui avait sacrifié un chemin au profit de sa roseraie. La princesse ne se laissant pas impressionner, on lui passa une corde au cou. Mais les paysans ordonnèrent aux femmes d'enlever la corde, ce qu'elles firent.

Informé des événements alarmants qui avaient lieu à Baïgora, le commissaire convoqua une réunion avec les représentants du commissariat cantonal, du soviet des députés des ouvriers et des soldats ainsi qu'avec le chef de la milice cantonale. Il fut décidé d'envoyer un détachement de douze hommes pour venir en aide au lieutenant Gergev.

Nathalie et Adichka n'auraient su dire depuis quand ils étaient aux prises avec la foule. Les mouvements des uns et des autres tantôt les rapprochaient, tantôt les éloignaient. D'être séparés les rendait plus vulnérables, aussi concentraient-ils beaucoup de leurs efforts à ne pas se perdre de vue.

Quand Nathalie, brusquement, se retrouva une corde à nœud coulant autour du cou, sa réaction ne fut pas la peur mais la surprise. Pas une seconde elle n'imagina que ces femmes s'apprêtaient à la pendre. Elle ne comprenait pas davantage leurs griefs à son égard. « Que d'histoires pour ma roseraie ! » leur avait-elle déclaré plusieurs fois. Elle scrutait tous ces visages avec hauteur sans songer à dissimuler sa contrariété. Personne, elle ne reconnaissait personne. Elle avait alors un bref instant tenté d'établir le dialogue. De quels villages venaient ces femmes ? De qui étaient-elles les mères et les épouses ? Avaient-elles déjà travaillé à Baïgora ?

À ses questions on lui répondit par des insultes et Nathalie, sincèrement indignée qu'on puisse la traiter de la sorte, choisit de se taire. Un silence si méprisant que l'agressivité de ces femmes se transforma très vite en colère.

Des années après, Nathalie reconnut qu'elle avait sa part de responsabilité dans ces affrontements. Maîtresse de Baïgora, elle aurait dû consacrer une partie de son temps à tenter de connaître et de comprendre ceux et celles qui vivaient sur ses terres. Olga n'avait pourtant pas manqué de le lui rappeler à plusieurs reprises. Comme elle et Maya l'avaient fait auparavant, Nathalie aurait dû s'occuper de l'hôpital, participer à l'éducation des enfants, aider personnellement les plus démunis. Mais elle s'était déchargée de tout sur Adichka. Et toujours revenait la même et douloureuse question : moins d'indifférence de sa part aurait-il changé quoi que ce soit à la fin tragique de son mari ? Une fin que même livrée aux débordements d'une foule hostile, une corde autour du cou, elle ne pouvait entrevoir.

Les paysans, eux, comprirent tout de suite la signification de la corde autour du cou. Avec une surprenante unanimité ils se retournèrent contre les femmes et la corde, immédiatement, fut enlevée. Adichka profita de cette diversion pour se rapprocher de Nathalie. Lui aussi avait vu la corde. La frayeur qu'il en conçut lui fit jouer des coudes avec adresse et autorité. On s'écarta pour le laisser passer. « Ne les laissons jamais plus nous séparer », dit-il à Nathalie en lui agrippant le bras. Mais déjà la foule se refermait sur eux.

À l'inverse de sa femme, Adichka connaissait beaucoup de monde. Un nombre impressionnant de ses employés se trouvaient présents aux côtés des paysans des autres villages. C'est à eux qu'il tentait de s'adresser. Il les appelait par leur prénom. Il évoquait des dates, des deuils et des naissances. Mais ce jour-là sa formidable mémoire ne lui servait plus à rien. Ses paysans et ses ouvriers agricoles étaient devenus comme insensibles. Une sorte d'indifférence apathique, dépourvue de haine, contre laquelle Adichka se heurtait avec obstination, persuadé que le bon sens l'emporterait enfin.

Son principal adversaire était un petit homme malingre, prématurément chauve, avec un pince-nez, qui se disait envoyé par Moscou. Adichka ne l'avait jamais rencontré, mais sans doute était-il là depuis quelque temps car il semblait connaî-tre nombre de ses paysans. Une cigarette éteinte aux lèvres, les mains dans les poches il interpel-lait tour à tour la foule et Adichka. Il menaçait l'un de mort et reprochait aux autres leur pas-sivité. Son mépris et sa haine semblaient réunir dans un même élan maître et serviteurs et Adichka sentait instinctivement que, s'il était écouté, il n'était pas aimé. Nathalie, dans son dos, était à bout de nerfs. « Écrase ce cafard », lui dit-elle à voix basse et pour la quatrième fois. « *Don't talk, let me answer* », répondit Adichka.

Nathalie sentit alors une immense fatigue l'envahir. Elle aurait souhaité s'asseoir au bord du chemin, se boucher les oreilles et fermer les yeux. Mais la crainte d'être piétinée l'en empêchait. Mieux valait pour elle rester debout. Afin d'oublier les douleurs dans le dos, les épaules et la nuque, elle fixait le ciel et les cimes des arbres. C'était la première belle journée de la semaine, la première sans pluie. Le parc, très vert, encore humide, resplendissait au soleil. Malgré la foule, ses odeurs désagréables, Nathalie croyait reconnaître le laurier et le réséda. C'étaient les arbustes plantés autour de la maison dont les pluies avaient avivé le parfum.

À côté, un gamin escaladait le magnolia. Dans sa hâte d'arriver au sommet il arrachait les feuilles et les fleurs, brisait les branches. Adichka l'aperçut et par réflexe lui cria de descendre. Sa voix avait retrouvé en une seconde les intonations autoritaires propres au maître de Baïgora. L'enfant impressionné hésitait. Sous l'arbre, un ouvrier agricole connu pour ses opinions socialistes s'emporta : « Descends, imbécile ! Tu n'as pas entendu ce que le prince te dit ? »

Il s'était exprimé instinctivement, exactement comme venait de le faire Adichka. C'était si surprenant, si saugrenu, que les deux hommes se regardèrent avec incrédulité, doutant et de ce qu'ils venaient d'entendre, et de ce qu'ils venaient de dire. L'enfant, dompté, descendait de l'arbre en prenant soin de ne plus rien briser. Toutes les conversations s'étaient arrêtées comme si la foule méditait ce soudain renversement de situation. Une méditation embarrassée que Nathalie perçut et qui lui redonna espoir.

Ce devait être aussi l'impression de l'agitateur moscovite. Le menton pointé en avant, dressé sur ses jambes comme un coq de village, il prit à partie les paysans et les ouvriers. Ses yeux derrière le pince-nez étaient durs, ses propos cinglants. Il traitait les hommes et les femmes de lâches et de traîtres. « Jusqu'à votre mort vous ne serez rien d'autre que des serfs », martelait-il. La foule, comme prise en faute, ne répondait pas. Quand enfin il se tut, un homme âgé se détacha du groupe et vint se planter devant lui. Adichka le reconnut aussitôt : c'était un de ses meilleurs ouvriers maintenant à la retraite. Il était né à Baïgora, s'y était marié, avait eu des enfants. Ses rapports avec la famille Belgorodsky avaient toujours été cordiaux. À l'inverse de beaucoup d'hommes de sa génération, il savait lire et écrire. Partout on le respectait.

— Eh bien voilà…, dit-il, c'est l'habitude : le prince siffle et nous accourons… Mais les temps ont changé, nous voulons ses terres. De son vivant, il ne nous les donnera pas et bien que nous le respections, nous devrons en finir avec lui et le tuer.

Le vieil homme marqua une courte pause. Il

y eut des frémissements autour de lui tandis que l'agitateur moscovite déjà applaudissait. Le vieil homme pointa alors sur lui la canne sur laquelle il s'était appuyé jusque-là. Son visage sillonné de rides exprimait le plus grand mépris.

— Toi, ne te réjouis pas trop vite. Le moment viendra où nous te tuerons aussi. Mais cette fois-là, à l'inverse du prince, nous le ferons sans aucun respect.

Le soleil disparaissait derrière les grands arbres quand quelqu'un décida d'arrêter Nathalie et Adichka Belgorodsky. La foule accepta avec enthousiasme. Plusieurs heures s'étaient écoulées durant lesquelles Adichka s'était efforcé de répondre à toutes les accusations, les plus absurdes comme les plus fondées. Mais sa douceur, son obstination et le bon sens de ses propos ne lui servaient à rien. C'est à peine si on l'écoutait. Parfois il croyait surprendre chez certains de ses paysans une sorte de désarroi. Il les devinait troublés et sans doute l'étaient-ils. Mais il se trouvait toujours quelqu'un pour lancer une nouvelle attaque et Adichka devait reprendre son argumentation depuis le début.

«Où nous conduisez-vous?» La question se perdit dans le brouhaha de la foule. On les poussait en avant sans trop d'agressivité mais fermement. Adichka tenait Nathalie par la main. D'avoir tant parlé l'avait épuisé. Il espérait qu'une fois arrivés on leur donnerait à boire et de quoi se restaurer. Malgré sa fatigue il lui sembla qu'une sorte de bonne humeur régnait maintenant autour de lui. Comme si le fait de l'arrêter avait calmé tous les esprits. Pour l'instant la violence n'était que dans les mots. On l'avait plusieurs fois menacé de mort, oui, mais personne n'avait osé porter la main sur lui.

Jusque-là les soldats s'étaient tenus prudemment à l'écart. Adichka n'aurait su dire si cela correspondait à une tactique militaire ou à de l'indifférence. Avaient-ils reçu des consignes le concernant? Ils étaient armés, les délivrer, Nathalie et lui, n'aurait représenté aucune difficulté. Des fusils contre des fourches et des faux. Mais sans doute aussi des morts et des blessés; le dialogue définitivement rompu. Adichka surprit le regard désespéré du lieutenant-chef de patrouille Gergev qui suivait le cortège. Il s'efforça de lui sourire et ce sourire se voulait rassurant. «N'intervenez pas, pas encore», lui aurait-il dit s'ils avaient pu échanger quelques mots.

Après de nouvelles discussions on les enferma dans le logement de l'instituteur alors en vacances.

C'était une maisonnette en bois attenante à l'école construite par le grand-père d'Adichka. Elle se composait d'une pièce et d'un coin d'eau. Son mobilier était à l'image de l'instituteur : modeste et utilitaire. Un lit étroit, une table de travail, deux chaises et un semblant de bibliothèque. Sur un coin du mur étaient punaisées des cartes postales illustrant différentes vues de Yalta, en Crimée. Adichka les désigna à Nathalie.

— C'est là où tu devrais être avec Xénia et ses enfants. Dommage que tu aies refusé de m'obéir.

— Oui, dommage, répondit Nathalie sur un ton faussement enjoué. Je me serais baignée tous les jours, j'aurais nagé des heures entières. Au lieu de ça...

Elle ne termina pas sa phrase. À l'extérieur, collées à l'unique fenêtre de la pièce, des femmes se bousculaient pour mieux les voir. Ces visages qui s'écrasaient contre les carreaux exprimaient un effrayant mélange de curiosité et de joie féroce. On les sentait prêtes à se battre plutôt que de céder leur place à d'autres.

Nathalie se laissa tomber sur le lit.

— Je ne peux pas supporter ça... être traités comme des animaux dans un zoo.

Elle tremblait de tous ses membres. Des larmes coulaient sur ses joues sans qu'elle tente de les essuyer, de se cacher. «Pleure mon chéri, pleure.» Adichka l'avait rejointe sur le lit et la tenait serrée dans ses bras. «Pleure, ça ira mieux après.» Il la berçait comme une enfant. Pour la première fois de la journée, il était totalement découragé.

Après une journée de délibérations le prince Belgorodsky et son épouse qui avait souhaité partager son sort furent arrêtés et enfermés dans l'école de Baïgora. Le lieutenant-chef de patrouille Gergev et dix soldats se postèrent devant la porte afin de protéger leur vie d'éventuels actes de violence. Dix à vingt paysans armés étaient chargés de veiller à ce que les prisonniers ne s'échappent pas. Aux environs de minuit les paysans exigèrent le jugement immédiat du prince et de la princesse. Ils furent conduits sous bonne garde dans la salle de classe où se tenaient assis les anciens des villages environnants, les représentants ouvriers et d'autres personnes à ce jour non identifiées. Selon plusieurs témoignages, il apparut très vite que les juges présents étaient très excités. Les accusations étaient plus absurdes les unes que les autres et pas un instant on ne laissa au prince la possibilité de s'exprimer. Toujours selon les témoignages il était clair que les juges étaient complètement saouls. L'enquête dira comment et avec quelle rapidité les caves du manoir de Baïgora furent pillées. Vers une heure trente du matin la séance fut levée et les prisonniers à nouveau enfermés dans la maison de l'instituteur. Ils durent néanmoins affronter les insultes et les agressions d'une population totalement saoule. Le lieutenant Gergev aidé par le maréchal des logis à la retraite Nikita Loukitch, représentant du peuple, ramenèrent un peu d'ordre.

TÉMOIGNAGE DE NIKITA LOUKITCH, REPRÉSENTANT DU PEUPLE

Jusqu'à l'année dernière j'étais au service du prince et de la princesse Belgorodsky. Je les ai en grande estime. Étant socialiste déclaré, j'ai vécu jusqu'à la révolution sous la surveillance de la police. Je dois à la princesse d'avoir pu échapper à plusieurs reprises aux tracasseries des autorités locales qui n'attendaient qu'un prétexte pour me jeter en prison. Le prince qui ne partageait pas mes opinions m'a toujours traité avec considération. En juin dernier, il a baptisé mon petit-fils.

La nuit du 14 août la population tout entière était ivre morte. Après un simulacre de jugement honteux pour la cause que nous représentons, le prince et la princesse furent à nouveau enfermés. La foule ivre s'est mise à bombarder la porte du logement de l'instituteur avec les bouteilles de vin volées dans la cave du manoir. Quand certains voulurent attaquer l'unique fenêtre, je suis intervenu personnellement pour aider le lieutenant Gergev et ses douze soldats. Des camarades m'ont alors reproché violemment de trahir la révolution. « Est-ce possible que ce soit là la révolution dont j'ai tant rêvé ? leur ai-je répondu. Vous n'êtes que des animaux sauvages imbibés d'alcool. » Néanmoins la foule cessa de bombarder la maison. Mais il était clair pour moi que le prince et la princesse étaient en danger. Malgré ce que la suite des événements peut laisser penser, ils étaient aimés et conservaient encore parmi la population des défenseurs. Notamment deux paysans, un des palefreniers de l'écurie de course et un jardinier. Avec eux et le lieutenant Gergev nous avons pensé profiter de l'ivresse générale pour faire évader le prince et la princesse. Il nous fallait pour cela l'aide et la complicité du comte Lovsky. À quatre heures du matin nous avons frappé à sa porte...

TÉMOIGNAGE DU LIEUTENANT-CHEF
DE PATROUILLE GERGEV

Le comte Lovsky n'était pas couché quand nous sommes arrivés car des rumeurs concernant l'arrestation du prince et de la princesse circulaient déjà. Il était très inquiet. Nous lui avons brossé un rapide tableau de la situation car le temps pressait. J'ai personnellement demandé au comte la permission de seller deux de ses meilleurs chevaux de façon à faciliter l'évasion du prince et de la princesse. Je pensais que grâce à l'ivrognerie ambiante les risques seraient moindres et qu'il valait mieux les prendre plutôt que de laisser le prince et la princesse à la merci d'une foule enragée. Le comte Lovsky refusa fermement ma proposition persuadé que nous serions tous pris et tués sur-le-champ. Mes camarades et moi sommes repartis bredouilles pour Baïgora. Je ne cesse de me demander si nous n'avons pas fait là une dramatique erreur. Cette foule imbibée d'alcool mais que nous connaissions était moins dangereuse, peut-être, que ce détachement de déserteurs armés revenus du front qui a mis, plus tard, le prince en pièces.

Une lumière incertaine baignait la petite pièce où Nathalie soudain se réveilla. Il faisait frais, elle tira sur elle l'imperméable Burberrys qui lui avait servi de couverture. Un deuxième Burberrys tendu contre la fenêtre leur avait permis d'échapper aux regards de la foule. C'était Kostia, le majordome, qui la veille au soir avait réussi à leur faire parvenir un panier de fruits, de l'eau et les deux vêtements.

Adichka dormait étendu à même le sol, à côté du lit. Nathalie n'osait bouger de peur de le réveiller. La nuit avait été terrible. L'emprisonnement, l'attente, la foule qui hurlait autour de la maisonnette ; puis cette tentative absurde de jugement où on les avait traînés de force ; l'impossibilité de se défendre. Combien de temps cela avait-il duré ? Nathalie n'aurait su le dire. Pas plus qu'elle n'aurait su dire le pourquoi de cette mise en scène. Tous ces hommes s'étaient acharnés contre eux puis, comme soudain lassés de ce jeu, les avaient renvoyés dans la maisonnette. Elle se rappela avec effroi ces longues minutes durant lesquelles on avait bombardé la porte ; le fracas du verre brisé ; les hurlements de joie de la population ivre morte. Cela avait d'ailleurs cessé tout aussi brutalement que cela avait commencé. « Le monde est devenu fou », s'était écrié Adichka avant de s'agenouiller et de prier.

La lumière du jour, tamisée par le Burberrys, éclairait maintenant la pièce. Le silence après le vacarme de la nuit était étrange. À croire que la population tout entière dormait. Nathalie n'avait pas entendu les coqs et c'est à peine si elle percevait les premiers chants d'oiseaux. S'étaient-ils tous envolés ailleurs ?

Soudain Adichka gémit dans son sommeil. Une sorte de sanglot étouffé, comme la manifestation d'un immense et inconsolable chagrin. Nathalie tendit la main vers lui de manière à le réveiller par de douces caresses. Mais ses doigts se figèrent. Maintenant qu'il faisait jour elle découvrait cette chose stupéfiante : la courte barbe de son mari, ses cheveux étaient devenus presque entièrement blancs. En une nuit.

EXTRAIT D'UN RAPPORT
DU PROCUREUR DU TRIBUNAL
DE SOROKINSK

Le matin du 15 août des personnalités venues de Galitch décidèrent de se rendre au domaine de Baïgora. Après avoir laissé son détachement de trente-trois soldats près de l'église, le lieutenant Voronov en compagnie du commissaire adjoint Zovsky, des représentants du soviet des députés des ouvriers et des soldats et du directeur cantonal du ravitaillement se rendirent à l'école où le prince et la princesse Belgorodsky étaient enfermés. Auparavant ils avaient constaté que la cave du manoir dans laquelle on conservait mille bouteilles avait été forcée et pillée et que les paysannes s'étaient livrées à de menus larcins dans la maison. Une foule de paysans des environs était rassemblée devant l'école. En apercevant notre régiment de soldats des voix partout s'élevèrent disant : « Pourquoi ces soldats ? » Ce à quoi le commissaire adjoint répondit : « Les soldats sont là pour veiller à ce que vous ne vous étripiez pas les uns les autres. » Le directeur cantonal du ravitaillement demanda ensuite à la foule de libérer le prince et la princesse. Des paysans se précipitèrent alors sur le directeur cantonal aux cris de : «Arrêtez-le aussi!» Pendant ce temps, alerté par le tocsin, les habitants d'autres villages affluaient vers l'école armés de piques et de fourches. Lorsque le commissaire adjoint Zovsky fit son apparition des cris s'élevèrent autour de l'école : «Arrêtez-le! Tuez-le!» Zovsky demanda à Voronov de prendre les mesures nécessaires, mais ce dernier, en approchant de son régiment, comprit qu'un grand nombre d'entre eux avait déserté et rejoint la foule. En se voyant abandonné par ses propres soldats, Voronov, debout sur un tabouret, tenta de se faire entendre de la foule. Les mêmes cris reprirent : «Tuez-le ainsi que le prince!» Lorsque Voronov enfin put se faire entendre d'autres voix s'élevèrent pour accuser le prince d'avoir voulu démolir le pont et pour accuser le lieutenant Gergev d'avoir tiré en l'air. Le lieutenant Voronov proposa ensuite d'emmener le prince au front, pensant ainsi le soustraire au jugement de la foule qui d'une seule voix criait : «Tuez-le!» La proposition de Voronov fut mise aux voix et votée à une majorité écrasante, ce qui fut consigné dans le procès-verbal. On désigna des responsables représentant les villages voisins pour escorter le prince.

Je pensais sauver la vie du prince en le forçant à rejoindre le front. D'avoir présidé si longtemps la commission de mobilisation l'avait rendu impopulaire. Beaucoup de familles étaient en deuil et se sentirent vengées en apprenant que le prince aurait à combattre comme n'importe quel homme. Mon intention était de l'enfermer dans la gare de Volossovo et de lui faire prendre un train pour Moscou. À Moscou, je le savais en sécurité. Le prince n'avait rien à se reprocher, il n'avait fait que son devoir et suivi scrupuleusement les différentes instructions du gouvernement provisoire. Le prince accepta d'ailleurs volontiers d'être mis aux arrêts mais laissa éclater sa colère quand on l'informa que sa femme resterait au manoir, elle aussi en état d'arrestation. Il nous ordonna puis nous supplia de la libérer. C'est la première et seule fois où je le vis perdre son calme légendaire. Nous dûmes le traîner par la force hors de la maisonnette. Durant le trajet il était anéanti. Je lui ai alors confié qu'à Moscou il ne risquait rien. Mais seul comptait pour lui le sort de sa femme et il m'a fait promettre de tout mettre en œuvre pour que la princesse puisse au plus vite le rejoindre à Moscou. Il m'a donné des noms de paysans et d'ouvriers fidèles capables de m'aider à la faire évader si cela s'avérait nécessaire. Il m'a aussi donné le nom de son ami le comte Nicolas Lovsky à qui je devais confier la princesse ensuite. Je lui ai tout promis de bon cœur. À Volossovo je le remis au chef de gare qui l'enferma dans son bureau, au deuxième étage. «N'oubliez pas votre promesse» furent les dernières paroles qu'il put m'adresser. La gare étant gardée par une patrouille, je crus le prince en sécurité.

Nathalie était hantée par le visage désespéré d'Adichka tandis qu'on l'entraînait de force loin de la maisonnette de l'instituteur. Jusqu'à la dernière seconde il resta tourné vers elle, ne la quittant pas des yeux. Elle l'avait vu trébucher sur des tessons de bouteille ; elle avait entendu les rires et les quolibets de la foule. Son propre sort la laissait indifférente. On pouvait l'enfermer, la libérer, peu importait. Elle était passée au-delà de la peur et de la fatigue. Plus tard, elle ne sut jamais raconter ces premières heures sans Adichka. Tout ce dont elle se rappelait c'est qu'à un moment de l'après-midi on l'avait sortie de sa prison et ramenée sous escorte au manoir. Hormis quelques soldats et quelques paysannes qui la regardèrent passer en silence, il n'y avait plus personne dans le parc, sous les grands arbres. Elle entra seule dans le vestibule de la maison où Pacha l'attendait. Elle n'écoutait pas ce que Pacha lui disait car c'étaient des choses sans importance concernant la récolte des prunes, les provisions de farine et de sucre.

Dans la salle à manger son couvert était mis à la place habituelle et Kostia, debout derrière la chaise, attendait qu'elle veuille bien s'installer. Elle refusa prétextant une trop grande fatigue et il se permit d'insister. Pourquoi le contrarier ? Pourquoi user ses dernières forces dans un débat aussi vain ? Nathalie obéit. En face d'elle, de l'autre côté de la table, la chaise d'Adichka restait absurdement vide. Machinalement Nathalie regardait les tableaux sur les murs : des scènes de chasse et des paysages bucoliques. Ils étaient au complet, parfaitement alignés. Sur la desserte, le compotier en argent présentait des fruits dont certains étaient vrais et d'autres en porcelaine, faïence et jade. Rien ne manquait. Tout était à sa place. C'était si irréel que Nathalie en oubliait de manger.

Kostia, pour la deuxième fois, insista pour qu'elle se nourrisse. Il se voulait rassurant. Avant qu'elle n'arrive, il avait pu s'entretenir avec le lieutenant Voronov. Celui-ci revenait de la gare de Volossovo où il avait laissé le prince sous bonne garde. Le lieutenant était optimiste : le prince, à Moscou, serait en sécurité et elle-même le rejoindrait bientôt. Pour achever de la tranquilliser, Kostia lui tendit un message de Bichette Lovsky, écrit à la hâte au dos d'une facture ménagère. « Couche-toi tôt. Nous viendrons te chercher au lever du jour. Tu prendras le premier train pour Moscou où tu rejoindras ton mari. »

Nathalie, lentement, doucement, eut alors conscience de revenir dans le monde réel. Tout, à nouveau, avait de la consistance. Elle retrouvait du goût au pain, au poisson de la rivière, aux champignons poêlés ; elle voyait le jour décliner derrière la fenêtre ; elle entendait les cris des martinets. À voix haute elle s'étonna de l'obscurité de la maison. Kostia alluma un candélabre et l'informa que la foule, la nuit dernière, avait saccagé le groupe électrogène. Nathalie ne fit aucun commentaire. Peu importait que Baïgora soit privé d'électricité ! Ce qui importait c'est que demain elle retrouverait Adichka. Et elle remercia Kostia pour son calme et sa sagesse. « Je te confie la maison, lui dit-elle en se levant. Je suis sûre que mon mari souhaite qu'il en soit ainsi. »

Dans la chambre à coucher, elle s'étonna là encore du lit préparé et des rideaux tirés ; de la carafe d'eau fraîche sur la table de nuit ; du peignoir et des mules posés à leur place habituelle, sur le pouf devant la coiffeuse. Rien ici ne reflétait les désordres des dernières vingt-quatre heures. Nathalie enleva ses espadrilles et s'allongea tout habillée sur la couverture. Maintenant qu'elle avait l'espoir de rejoindre Adichka, la fatigue la terrassait. Se déshabiller, prendre un bain ou faire seulement un peu de toilette était au-dessus de ses forces. Elle tomba tout de suite dans un sommeil profond.

Pacha l'avait réveillée sans ménagement. D'une voix ferme, un peu haletante, elle la pressait de se dépêcher. Nathalie aussitôt fut debout. La maison tout entière était plongée dans l'obscurité et quitter la chambre, suivre le couloir puis descendre le grand escalier ne furent pas choses aisées. Dans le vestibule Kostia attendait, une minuscule bougie allumée à la main. À ses côtés se trouvait un très jeune soldat. Ce fut lui qui résuma les faits. « C'est maintenant qu'il faut vous enfuir, madame. Vous prendrez, déguisée, le train du matin pour Moscou. Vous attendrez chez les Lovsky où vous serez plus en sécurité que dans votre maison. » Nathalie acquiesça sans poser de questions tandis que Pacha l'enveloppait dans une pèlerine empruntée à la femme de chambre. « Personne ne doit vous reconnaître quand nous sortirons, madame. Vous remonterez la capuche de manière à dissimuler votre visage. Une carriole nous attend devant la cuisine. C'est votre cocher qui a préparé l'attelage. C'est grâce à lui que nous pouvons vous faire évader. » Puis à Pacha : « Si on nous arrête, si on nous pose des questions, c'est vous qui répondrez. » Sa détermination et sa fermeté firent grande impression sur Nathalie. Elle se sentait prête à le suivre et à lui obéir ; à s'en remettre entièrement à lui. Qu'il soit si jeune la

208

touchait. Quel âge avait-il? Seize ans? Dix-sept ans? Sa voix avait encore des intonations adolescentes.

Guidés par la petite flamme de la bougie, ils gagnèrent la salle à manger, la cuisine. Par la fenêtre Nathalie aperçut la masse sombre de la carriole et la silhouette du cocher assis sur le siège avant, les rênes à la main, prêt à démarrer. Pacha avait enfilé une pèlerine semblable à la sienne. Les deux femmes ajustèrent leur capuchon et Kostia, enfin, ouvrit la porte.

Dehors tout semblait tranquille. Des feux ici et là signalaient des présences humaines. Mais c'étaient des feux pour se réchauffer et non pour détruire. Il devait être admis, maintenant, que le parc du domaine était ouvert à tout le monde. Les crapauds, comme toujours à ce moment de l'été, s'en donnaient à cœur joie.

Le soldat rejoignit sans bruit le cocher à l'avant tandis que Pacha s'installait à l'arrière. « Que Dieu vous vienne en aide », murmura Kostia en aidant Nathalie à monter. De peur d'attirer l'attention, il avait laissé la bougie dans la cuisine. Mais Nathalie vit distinctement des larmes couler sur le visage usé du majordome. « Ne t'en fais pas, lui dit-elle gentiment. Je reviendrai bientôt. Avec Adichka. » Mais ses paroles ne firent que bouleverser plus encore le vieil homme et c'est en sanglotant qu'il regagna la cuisine.

Les chevaux démarrèrent aussitôt sur un bref

claquement de langue de leur maître. Ils allaient au pas. Sur la route on les pousserait au trot, puis au galop.

À deux reprises on les arrêta. Le jeune soldat exhiba un faux laissez-passer qui fit illusion. Nathalie enveloppée dans la pèlerine, le visage entièrement dissimulé sous le capuchon, feignait un profond sommeil. « Bonne route, camarades, leur cria un paysan. — Bonne veille », répondit Pacha sur le même ton.

Les sabots des chevaux résonnaient joyeusement sur la route. Un petit vent léger avait chassé les quelques nuages et des millions d'étoiles frémissaient dans le ciel. Nathalie les contemplait avec une sorte de stupeur émerveillée. C'étaient comme si les étoiles se trouvaient là pour lui indiquer le chemin, lui certifier que la vie continuait ailleurs, loin de la folie des hommes. Elle songeait à Xénia et à ses enfants réfugiés à Yalta pour qui brillaient ces mêmes étoiles. Elle saurait convaincre Adichka de la nécessité, pour eux, de rejoindre la Crimée ; de profiter de l'hospitalité familiale en attendant des jours meilleurs. Adichka sans doute refuserait et elle insisterait. Pour finir par faire exactement ce qu'il souhaitait qu'elle fasse. Les émotions et les peurs ressenties ces derniers jours, la sensation aiguë et concrète du danger, de la précarité des choses, agissaient sur elle comme des stimulants. Et pour la première fois de leur vie commune, Nathalie envisageait sincèrement, gravement et avec bonheur, de devenir mère. Mettre au monde un enfant d'Adichka lui semblait tout à coup la seule réponse possible à ce qu'elle ne savait pas nommer autrement que la «folie des hommes». L'idée même du malheur s'était évaporée dans la nuit. Une nuit d'été tiède, parfumée, riche de souvenirs et de promesses. Ses doigts, sur ses genoux, jouaient le début de la sonate numéro 5, *Le Printemps*, qu'Adichka aimait tant et qu'ils avaient tous deux interprétée à Noël, quai de la Fontanka. Elle croyait entendre les plaintes du violon. Plongée dans ce bien-être heureux, Nathalie ne perçut pas l'étrange silence qui régnait dans la carriole; l'expression accablée de Pacha. Ses compagnons n'avaient pas échangé un seul mot depuis le départ et quand elle se risqua à les remercier, elle ne comprit pas la gêne avec laquelle ils se détournèrent.

Mais le visage ravagé de chagrin de Bichette Lovsky quand elle leur ouvrit la porte de sa maison agit sur Nathalie comme un électrochoc. Elle n'eut pas le temps de crier le prénom de son mari que déjà Bichette s'effondrait en larmes dans ses bras : «Adichka est mort», dit-elle.

Le messager de Vorinka 16 août 1917

Troubles dans la propriété de Baïgora :

Nous venons d'être informés que des troubles importants se sont produits dans la propriété du prince Belgorodsky. Une foule de paysans composée de cinq mille hommes a saccagé la propriété. Son propriétaire ainsi que sa femme ont été saisis par la foule. La foule a pillé la cave à vins et s'est enivrée. Un détachement militaire a été envoyé à Baïgora. La propriété du prince Belgorodsky est considérée comme l'une des propriétés les plus développées dans le domaine de l'élevage du bétail à cornes de race et dans celui des chevaux de course. À cause de cela, elle se trouve depuis longtemps sous la garde gouvernementale.

Le messager de Vorinka 17 août 1917

Ce matin nous avons reçu des télégrammes du commissaire du canton de Galitch nous informant que, après avoir arrêté Wladimir Belgorodsky, la foule posa comme condition à sa libération qu'on l'expédie immédiatement au front. Le prince accepta cette condition et fut conduit à la gare de Volossovo pour rejoindre ensuite l'armée en activité. Pendant ce temps-là, un convoi armé traversait Volossovo en train. Le convoi, retenu à Volossovo et apprenant l'arrestation du prince, commença immédiatement à le brutaliser et le prince, après de cruels tourments, fut tué par une foule enragée.

Plus tard, d'autres télégrammes annoncèrent que l'une des plus importantes propriétés de Russie, Baïgora, propriété du prince Belgorodsky, avait été totalement saccagée. Les gardes qui, selon une disposition gouvernementale, protégeaient la propriété du prince Belgorodsky, précieuse comme nous l'avons indiqué hier dans le domaine de l'élevage, furent battus par la foule et chassés. Après avoir saccagé la propriété du prince Belgorodsky, la foule, excitée par des soldats et des agitateurs, se mit à piller les propriétés voisines. Actuellement la foule commence le saccage de la propriété du comte Lovsky.

EXTRAIT D'UN RAPPORT
DU TRIBUNAL RÉGIONAL DE SOROKINSK
ADRESSÉ AU PROCUREUR
DU PALAIS DE JUSTICE DE MOSCOU
(daté du 17 août 1917)

Le 15 août au soir, à la gare de Volossovo du chemin de fer sud-est, un propriétaire du canton de Galitch (gouvernement de Vorinka), le prince Wladimir Belgorodsky, a été assassiné par des soldats.

Il ressort de la déposition des témoins, effectuée lors de l'enquête préalable, que le 14 août à Baïgora, propriété du dénommé Belgorodsky, se sont produits des troubles au cours desquels les paysans ont arrêté Belgorodsky, arguant qu'il se soustrayait au service militaire.

Pour mettre fin aux troubles, on envoya un détachement de Galitch avec, à sa tête, le lieutenant Voronov. Ce dernier, escorté de trois soldats et de trois paysans désignés par leurs camarades qui se méfiaient de l'escorte, conduisit Belgorodsky à Volossovo. Là, Voronov confia Belgorodsky au responsable chargé de la surveillance de la gare, le lieutenant Vitebsky qui l'enferma dans un bâtiment gardé par une patrouille.

À ce moment-là, stationnait à la gare un convoi militaire en route vers le front, constitué de deux bataillons dont le 152e régiment d'infanterie de réserve. Lorsque le bruit se répandit parmi les soldats que l'on voulait envoyer le prince au front, des voix s'élevèrent : « Nous irons au front sans prisonnier, il vaut mieux le tuer tout de suite. » Après des pourparlers, la foule des soldats, repoussant la patrouille chargée de veiller sur le prisonnier, s'élança dans la pièce où se trouvait Belgorodsky, l'en fit sortir et se mit à le frapper avec une grande sauvagerie. On le traîna dans l'escalier du deuxième au premier étage, puis on le jeta par la fenêtre sur le quai de la gare où on le retrouva mort.

L'autopsie révéla trois blessures au cœur. En outre, sa mâchoire ainsi que sa cavité nasale étaient fracassées et les muscles de son visage déchirés. Le corps présentait de nombreuses marques de coups et des blessures à l'arme blanche. Il avait les côtes et le bassin brisés.

Les premiers rayons du soleil éclairèrent brusquement l'intérieur du wagon de marchandises. Une lumière rose et chaude succéda à la pâleur grise de l'aube. Nathalie se redressa sur un coude et contempla le visage de son mari. Elle voulait se souvenir de chacune de ses blessures. Oser le regarder, c'était participer à ses souffrances, à son supplice. C'était pour cela aussi qu'elle s'était allongée contre lui, qu'elle avait posé ses lèvres sur la main ensanglantée, sur le poignet brisé. Si elle avait pu coller chaque centimètre de sa peau sur la sienne, elle l'aurait fait. Le corps déjà froid d'Adichka ne lui faisait pas peur. Sa chaleur à elle suffirait à les réchauffer tous deux.

Le jeune soldat qui l'avait conduite jusqu'au wagon où l'on avait à la hâte entreposé le corps d'Adichka se détournait, gêné d'être le témoin d'une scène aussi intime. Lui avait vu ce que la jeune femme ne semblait pas voir : un corps et un visage horriblement mutilés. Il avait voulu le recouvrir de sa capote militaire. Mais la jeune femme s'y était opposée. Il ne comprenait pas qu'elle soit ainsi couchée contre son mari ; les baisers que de temps en temps elle lui donnait sur le visage, le torse, les mains. Il trouvait quelque chose d'animal à ce comportement. Cette jeune femme dont il s'était improvisé le protecteur lui faisait penser à une chienne. Et parce qu'elle était belle et émouvante, il se reprocha aussitôt d'avoir pensé cela.

Ce qu'il ignorait c'est que le visage de l'homme aimé vivant se substituait sans cesse au visage supplicié. Nathalie contemplait un cadavre et revoyait Adichka à différents moments de leur courte vie commune : Adichka quand il lui avait demandé de l'épouser, un jour d'hiver alors que tous deux patinaient sur la Neva gelée ; Adichka lui faisant visiter le domaine de Baïgora en s'étonnant qu'elle ne sache pas distinguer un platane d'un chêne ; Adichka au violon jouant Tchaïkovsky de façon si bouleversante qu'elle s'était mise à aimer, elle aussi, ce musicien jusque-là « trop russe à son goût ».

Nathalie ne perdait pas la tête, ne pleurait pas. Comme si elle avait oublié qu'on puisse pleurer. Elle était tout entière tenue par son amour. Le cadavre contre lequel elle était allongée était bien celui d'Adichka mais Adichka vivait encore dans son corps à elle. On lui avait fermé les yeux mais elle sentait toujours posé sur elle le regard sérieux, un peu inquiet et tellement aimant de son mari. Les biches égorgées avaient été plus réelles.

Le soldat, doucement, lui rappelait que le jour étant levé, elle ne pouvait pas rester là ; qu'il devait la conduire chez les Lovsky de manière qu'elle y soit en sécurité ; il se chargerait ensuite de faire ramener à Petrograd la dépouille de son mari. Toute sa vie durant Nathalie se souvint de celui qu'elle appelait familièrement « mon soldat ». Elle l'évoquait avec tendresse et reconnaissance. C'était un jeune socialiste de Kiev qui avait eu pitié d'elle. Sans son aide, elle n'aurait jamais retrouvé Adichka dans ce dédale de voies ferrées, ce cimetière de wagons de marchandises.

Nathalie caressait une dernière fois le visage et le cou d'Adichka. Sous la croûte de sang, elle s'émut de voir la barbe devenue blanche de son mari. Puis elle constata qu'il ne portait plus le médaillon qui contenait une mèche de ses cheveux. Elle se souvint qu'il le portait encore quand on les avait séparés de force ; que ce médaillon était un porte-bonheur chargé de les protéger Micha et lui. Alors du plus profond de son être, elle sentit monter un hurlement tel que, déchirée à son tour, elle en mourrait aussitôt, son corps collé contre le sien.

Des voix chuchotées d'enfants arrêtèrent le cri. En se détournant, elle les aperçut groupés devant le wagon. Ils étaient une dizaine ; des petites filles, des petits garçons, quelques mères.

Ils tenaient des bouquets de fleurs à la main. Des fleurs des champs qui venaient d'être cueillies, encore humides de rosée. Sur tous ces visages tendus vers elle se lisaient le chagrin et la compassion. Une femme lui tendit une bougie allumée. Puis elle se signa et s'agenouilla. Les autres l'imitèrent; Nathalie et le jeune soldat, dans le wagon, firent de même.

« C'est à eux que je dois de ne pas être devenue folle », dira Nathalie.

De la gare voisine de Volossovo provenait maintenant le fracas d'un premier train.

C'est donc là, à Volossovo, qu'est mort Adichka Belgorodsky, le 15 août 1917. Cela fait exactement soixante-dix-sept ans. Jour pour jour. La gare construite à la fin du siècle dernier, «fierté de notre province», comme il l'écrit dans son journal, n'a guère changé. L'unique bâtiment en briques rouges est en bon état. Derrière la porte vitrée, un escalier monte aux étages. Aux fenêtres du premier prospèrent de robustes géraniums.

C'est par une de ces fenêtres qu'on a jeté le corps supplicié d'Adichka et c'est en dessous, sur l'asphalte du quai, qu'il s'est écrasé. L'enquête n'a jamais pu dire s'il était mort avant ou après cette chute.

Mon premier contact avec cette région de la Russie centrale est donc ce quai où s'acheva sa vie. En descendant du train de Moscou, je ne m'attendais pas à une si brutale confrontation. Vassili Vassiliev non plus. Pourtant nous avons évoqué tant de choses durant le voyage !

— S'il vous plaît, Marie... Nos hôtes sont là avec des bouquets de fleurs... Ils sont si honorés d'accueillir une descendante en ligne directe des Belgorodsky.

Vassili Vassiliev me prend amicalement le bras et me guide vers la sortie. Quatre mois de correspondance et près de quinze heures de train nous ont rendus plus familiers l'un à l'autre. Le document qu'il m'avait donné un soir de mars à Paris avait bel et bien agi comme un appât. Après la lecture du *Livre des Destins,* j'ai voulu en savoir plus. Au point de demander à Vassili Vassiliev l'autorisation de me joindre à lui, de participer à son enquête en quelque sorte.

Hier, à cette heure-ci, j'étais dans l'avion pour Moscou. Vassili Vassiliev m'attendait à l'aéroport. Nous sommes allés dîner, puis à la gare attendre le train pour Volossovo. Le voyage devait durer six heures, il a duré le double. Ce soir, à minuit, nous referons le trajet en sens inverse et puis je rentrerai en France. Qu'aurons-nous vu de Baïgora?

Nos hôtes sont au nombre de quatre. Trois hommes et une femme envoyés par les autorités locales. Ils ont la quarantaine et des responsabilités administratives et culturelles diverses. Plus tard, Vassili Vassiliev comprendra que l'un des trois hommes était, en fait, un policier en civil chargé de nous surveiller.

La femme s'appelle Varvara. Elle est blonde, très maquillée, aussi ouverte et volubile que ses compagnons sont raides et mutiques. C'est grâce à elle, à ses recherches dans les archives de 1917, que Vassili Vassiliev a pu reconstituer les circonstances de la mort d'Adichka. C'est elle encore qui a établi le programme de la journée : une visite au musée local suivie d'une promenade dans ce qui subsiste du domaine de Baïgora. Elle conclut avec un sourire ravi que nous sommes tous invités à dîner à l'hôpital où le médecin-chef donnera un banquet en notre honneur. Est-ce que je sais que l'hôpital fondé par mon arrière-arrière-arrière-grand-père fonctionne toujours ? Qu'il est un des meilleurs de la région ? Vassili Vassiliev traduit et me fait un clin d'œil : sa façon de me dire que tout semble très bien se présenter. «Ah, Marie... Vous verrez ce que c'est que l'hospitalité russe ! Ce dîner sera un festin ! » ajoute-t-il. En ce début d'après-midi, je ne sais ni ce que je vais trouver ni ce que je cherche. Peu importe. Je m'installe docilement à l'arrière du minibus déglingué d'origine tchèque et nous voilà partis.

Je ne comprends rien aux paysages que nous traversons. Où s'arrêtent les villes, les villages ? Où commence la campagne ? Aux champs de blé et d'avoine, aux vergers, aux rares et maigres bosquets, succèdent brutalement de gigantesques et vétustes H.L.M., toutes construites sur le même modèle : un carré avec au centre une cour si étroite qu'elle ressemble à un puits. Et de nouveau des étendues désertiques avec ici et là d'anciennes maisons en bois abandonnées. Vassili Vassiliev m'explique alors comment le régime communiste a obligé les paysans à renoncer à leur logement individuel pour venir s'entasser par centaines dans ces tours. Mais il ajoute avec optimisme : «Tout ça va changer. On commence déjà à restaurer des églises, des maisons. Un jour, on détruira ces tours concentrationnaires.»

Où sont les forêts?

La forêt, je la retrouve sur différentes photos. Ou plutôt sa lisière. Un mur sombre de sapins devant lequel passe un troupeau de très belles vaches suisses. Dans une prairie s'entraînent des chevaux de course dont quelques médailles sur le mur rappellent leurs exceptionnelles qualités, les concours et les courses qu'ils ont gagnés. Quel rapport entre la riche et luxuriante propriété de Baïgora et les paysages entrevus par la fenêtre du minibus?

Après avoir bu le thé, mangé les biscuits et les prunes offerts en signe de bienvenue par la gardienne du musée, nous visitons son domaine constitué de deux pièces censées raconter l'histoire récente de la région. «Un musée à mission pédagogique», commente sérieusement Varvara. Les Russes parlent russe entre eux et j'en profite pour contempler les photos exposées sur les panneaux.

Certaines me sont familières. Elles ont dû être faites à peu près en même temps que celles collées dans l'album de tante Hélène. D'autres, pour moi inconnues, ont été prises trois mois avant la mort d'Adichka.

Sur l'une, une foule de paysans et d'ouvriers brandit des drapeaux rouges. Elle entoure Nathalie et Adichka qui semblent confiants, presque amusés. La foule est bon enfant, amicale.

Sur une autre, Adichka est porté en triomphe par ces mêmes paysans. Perché sur les épaules d'un colosse en blouse traditionnelle, il sourit comme pour s'excuser de se trouver ainsi à l'honneur. Mais son regard exprime une attention aiguë à tout ce qui se passe autour de lui.

Sur une autre encore, Nathalie reçoit des bouquets de fleurs entourée d'enfants.

Vassili Vassiliev regarde aussi ces photos.

— Elles ont été prises le 1er mai 1917. Rien n'était encore vraiment menaçant, dit-il. Mais comme l'atmosphère est différente sur ces autres photos ! C'est qu'un monde nouveau est né avec la révolution, Marie !

Il désigne un deuxième panneau avec des photos datant des années vingt, trente, quarante, cinquante et soixante. Ce ne sont qu'inaugurations de statues de Lénine et de Staline, défilés militaires, compétitions sportives, concours agricoles. Mais pas plus que moi, Vassili

Vassiliev ne s'y attarde. Il regarde à nouveau la photo de Nathalie entourée d'enfants.

— Jusqu'à la fin, elle est restée physiquement très proche de ce qu'elle était jeune femme... Je pense à elle tous les jours. Si je vous disais...

Mais il n'achève pas sa phrase et comme gêné de s'être laissé aller à un début de confidences, se met à toussoter, à ronchonner. D'après lui ce musée n'a aucun intérêt mais il convient par courtoisie de continuer la visite. Ce sera vite fait.

Dans la pièce voisine, encore plus petite, quelques objets sont exposés : un samovar en argent du siècle dernier, deux icônes, des figurines en porcelaine, un châle brodé, un buste de jeune fille, un violon.

— Vous pouvez le toucher, dit Vassili Vassiliev. Ces objets ont survécu aux pillages de 1917 et témoignent maintenant de la vie avant la révolution. Vous pensez qu'il s'agit du violon d'Adichka Belgorodsky ?

— Oui.

Cette intuition n'est fondée sur rien, purement affective. Ce fut le meilleur compagnon d'Adichka. Il me semble qu'un peu de lui imprègne encore le bois, les cordes. J'ai envie de le voler, de le ramener avec moi en France. De le sortir de ce pathétique et poussiéreux petit musée de Russie centrale.

Vassili Vassiliev voit ma main s'attarder sur le violon et devine mes pensées.

— Vous voulez faire une demande de restitution ? C'est une pratique qui ne fait que commencer mais qui a de l'avenir !

Il me tapote gentiment l'épaule :

— Rien ne prouve que ce violon soit celui de votre famille. Les Russes, en général, sont très musiciens.

À sa demande, la gardienne ouvre une vitrine jusque-là fermée à clef.

Sur un morceau de velours usé voisinent des montres de gousset, des gobelets en argent ciselé, une délicate miniature représentant un paysage sous la neige, deux éventails, des babioles en ivoire et écaille ainsi que quelques bijoux.

Parmi ces bijoux, il en est un que je reconnais aussitôt. Xénia, ma grand-mère, m'avait offert le même pour mes huit ans.

Et tout à coup je la revois, âgée, infirme, seule au milieu de ses chats, ses chiens et ses lapins, dans sa modeste petite maison de Sainte-Geneviève-des-Bois. Elle était pauvre, son mari l'avait plus ou moins quittée pour une autre femme et elle remerciait Dieu pour ses bienfaits.

Xénia, comme beaucoup d'immigrés, a eu une vie difficile. Jamais elle ne s'est plainte, jamais elle n'a pleuré ce qu'elle avait quitté en 1919. Elle était bonne, tendre et simple. À la petite fille que j'étais alors elle offrait des cadeaux d'adulte, ce qui embarrassait ma famille française plus traditionnelle et beaucoup moins poétique. Ainsi ce médaillon frappé du sceau des Belgorodsky.

Le minibus roule maintenant sur une route défoncée. Vassili et Varvara discutent avec passion sur un sujet que j'ignore. Parfois un des trois hommes intervient. Celui qui conduit le minibus, lui, émet régulièrement à mi-voix ce qui semble être des jurons : il est vrai que des cahots nous jettent régulièrement les uns sur les autres.

Et je continue de penser à Xénia que j'ai hélas si peu connue, dont je garde si peu de souvenirs et qui est morte quelques mois après qu'elle m'eut offert le médaillon. Je donnerais beaucoup pour remonter le temps, la retrouver, m'agenouiller auprès d'elle et lui dire : « Raconte-moi comment vous vous êtes enfuis de Petrograd... Yalta où vous vous êtes d'abord réfugiés... Le navire qui vous a menés en Europe. Raconte-moi Malte... Londres... Paris, cette quête d'un lieu où tout recommencer... Raconte-moi comment on bascule d'un monde à un autre. »

Je me rappelle que Xénia, ce jour-là, avait ouvert ma main d'enfant pour la refermer, ensuite, sur le médaillon. Elle avait eu alors des paroles mystérieuses que je ne comprends qu'aujourd'hui, en 1994. Xénia avait dit : « Ce médaillon a protégé ton grand-père pendant la guerre. C'est Nathalie qui le lui avait offert...

avec une mèche de ses cheveux à l'intérieur. »
Et de me raconter l'exotique histoire d'une très
jeune femme qui avait de si beaux cheveux
qu'elle s'était permis de les couper la veille de
son mariage...

Il y avait donc deux médaillons et deux
mèches de cheveux. Mon grand-père Micha en
portait un et Adichka, son frère aîné, un autre.

Le médaillon sans chaîne dans la vitrine du
petit musée est celui d'Adichka. On a dû le lui
arracher à Volossovo. Avant ou après qu'on l'eut
mis en pièces ? Le rapport d'autopsie ne fait
mention d'aucun bijou.

— Nous devrions plus ou moins nous trouver
sur les terres de Baïgora, annonce Vassili en
conclusion de sa longue discussion avec Varvara.

— « Plus ou moins » ?

— Varvara m'explique qu'il est impossible
aujourd'hui de délimiter ce que fut cet immense
domaine. Tout a été si vite morcelé, détruit...

Le minibus monte courageusement à l'assaut
de petites collines, traverse une rivière. Sans être
luxuriante, la végétation s'est un peu améliorée.
C'est plus vert et plus cultivé. Des prairies et des
champs pas toujours à l'abandon succèdent à
des bosquets.

Un virage nous jette une fois de plus les uns
contre les autres. Le minibus quitte la route
pour un chemin caillouteux, roule pendant
deux ou trois kilomètres et s'arrête.

— Varvara me demande de vous prévenir : ce que vous allez voir ne correspond pas exactement à ce qu'a connu votre famille.

En effet.

La ruine qui se présente à nous n'évoque en rien la gracieuse église blanche photographiée pour la dernière fois l'été 1916. Les trois coupoles bleues et leurs croix dorées n'existent plus, la toiture tient on ne sait comment. Ce qui fut une église se dresse tout de même au milieu des herbes hautes et des éboulis.

Nous la contournons en silence. Le terrain rendu boueux par les pluies de la veille descend en pente douce vers un verger où jouent des enfants. De l'autre côté, des maisons de construction récente. Vassili Vassiliev les désigne à Varvara et me traduit ses propos.

— Il doit s'agir de la nouvelle école. Celle bâtie par votre arrière-arrière-arrière-grand-père a brûlé lors d'un incendie dans les années quatre-vingt. Idem pour la maisonnette de l'instituteur où on avait enfermé Nathalie et Adichka. Il semblerait qu'un hameau soit en train de se construire sur leur emplacement.

Les enfants nous ont aperçus et accourent. Quelques adultes les suivent. Très vite ils font cercle, posent des questions. Une discussion s'engage entre eux, Varvara et les responsables culturels. Vassili me prend par le bras.

— Laissons-les s'expliquer et voyons l'église de plus près.

229

Ce qui était jadis une église est devenu un dépotoir où s'entassent des ordures diverses, du bois de chauffage pour l'hiver, des sacs de ciment et un amoncellement de gravats et de poutrelles métalliques. Toutes les dalles qui recouvraient le sol ont été enlevées. Maintenant l'herbe pousse partout. Des poules y picorent que notre venue soudaine effraie et chasse. Des corneilles les suivent. De grandes corneilles bicolores qui nichent dans la charpente en ruine. Un trou creusé dans le sol attire mon attention. Un trou et l'amorce de marches.

Ces marches sont le début d'un escalier en pierre dont nous ne distinguons pas grand-chose à cause de l'obscurité. Vassili promène lentement la flamme de son briquet et nous découvrons une crypte. C'est là que la famille Belgorodsky a enseveli Igor en mai 1917.

Silencieusement, Varvara, les trois respon-sables culturels et quelques inconnus sont entrés dans l'église. Ils attendent que nous nous rele-vions pour se mettre à parler. Très vite et tous en même temps. Vassili me traduit l'essentiel.

— Les habitants certifient qu'il y a bien deux cercueils dans la crypte. Vraisemblablement ceux d'Igor et de son père. Mais à chaque crue de la rivière l'eau monte dans la crypte. Il y en aurait actuellement au moins dix centimètres… On nous interdit d'y accéder.

Je songe à Nathalie, à son cauchemar lors de sa première nuit à Baïgora. Elle avait vu ce que je découvre aujourd'hui : une église en ruine dans un paysage dévasté ; deux cercueils abandonnés de tous dans une crypte envahie par les eaux. Son cauchemar ou le mien ? Depuis ma lecture du *Livre des Destins*, j'ai pensé si fort à elle, à Adichka, que je ne fais plus toujours la différence entre ce que je sais d'eux et ce que j'imagine ; entre les souvenirs des uns et des autres et ma rêverie. Ce qui est réel, c'est la dépouille d'Igor, là, si près. Et c'est paradoxalement ce qu'il y a de plus irréel. Que sont devenus ses enfants, sa femme Catherine ? Je ne sais même pas si l'enfant qu'elle portait fut une fille ou un garçon.

Dehors, je me retourne encore une fois pour regarder l'église en ruine envahie de nouveau par les corneilles. Elles ne sont ni maigres ni affamées mais grasses et bien nourries. Le paysage tout autour est presque à l'abandon, mais les arbres, l'herbe et les plantes continuent de pousser. Une meute d'enfants bien vivants nous escorte accompagnés de leurs parents. Certains sont si âgés qu'on les imagine volontiers témoins des événements d'août 1917. Témoins ou acteurs ? Vassili me quitte pour aller s'entretenir avec eux. Je devine ses questions. Que savent-ils du meurtre d'Adichka Belgorodsky ? Où se trouvent les ruines du manoir ?

J'en profite pour faire une pause et aller m'asseoir dans l'herbe, sous les arbres du verger. Un peu plus loin, un chemin vicinal bordé de peupliers conduit à une rivière. La rivière dans laquelle Nathalie nageait avec Bichette Lovsky? Qu'est devenue Bichette Lovsky? Sa propriété a été pillée aussitôt après Baïgora. Nicolas, son mari, a rejoint l'Armée blanche. Il est mort en Crimée lors de la bataille finale de Perekop quand les rouges l'emportèrent définitivement. Son corps en a rejoint des centaines d'autres dans une fosse commune. Nicolas Lovsky avait vingt-quatre ans.

Mais il me semble tout à coup l'apercevoir en train de faucher l'herbe avec Adichka. Les deux hommes sont torse nu et s'amusent de leur maladresse réciproque. Il aura fallu la grève des jardiniers pour qu'ils se livrent à pareille activité. C'est pour eux comme une récréation, une parenthèse. Nathalie et Bichette se baignent un peu plus bas, là où la rivière fait un coude. En sortant de l'eau, elles cueilleront des fleurs et tresseront des couronnes à l'ombre des arbres. Il fait chaud. Presque aussi chaud qu'aujour-d'hui. Les rires des deux jeunes femmes montent jusqu'à moi, très frais, très jeunes.

Ce ne sont pas Bichette et Nathalie qui rient sous les arbres fruitiers mais une dizaine de petites filles que mon silence et mes airs sérieux ont l'air de beaucoup divertir. Très vite, elles font cercle autour de moi. L'une d'elles s'en-hardit et me tend une prune. Des petits garçons encore méfiants observent la scène. Je vide mes poches et mon sac à dos des restes du voyage en train : chewing-gums, bonbons et barres d'Ovo-maltine. Les petits garçons nous rejoignent aussitôt.

— Quand vous en aurez fini avec votre fan-club…

Vassili Vassiliev est là, l'air bougon et contrarié.

— Le courant passe mal entre nous et les habitants du cru. Je n'ai rien pu apprendre. Les vieux prétendent ne rien savoir concernant le meurtre d'Adichka Belgorodsky… Ils n'étaient pas là, ils n'ont rien vu… Les plus jeunes confirment… Ils prétendent tout ignorer de l'existence d'un manoir, même en ruine… Bien sûr, ils mentent ! Mais pourquoi ? De quoi ont-ils peur, après soixante-dix-sept ans ? Que les descendants d'Adichka reviennent pour le venger ? Croyant les attendrir, je leur ai raconté qui vous étiez, que vous veniez de France… Nouveau mutisme !

Chez les Russes, le ton a monté. Les trois responsables culturels essaient d'obtenir quelque chose que les villageois leur refusent. L'hostilité devient palpable. Puis, comme s'ils s'étaient mystérieusement concertés, ils se taisent. Un silence buté qui gagne même les enfants. Nous sommes maintenant confrontés à une centaine de personnes muettes. Et pendant un instant, on n'entend plus que les cris furieux des corneilles, que ce rassemblement prolongé dérange et qui tournoient autour des ruines de l'église.

« Nous nous passerons d'eux », a décidé Vassili. Il suffisait selon lui de marcher dans un rayon d'un ou deux kilomètres, peut-être plus, pour tomber sur d'autres ruines : celles du manoir, des fermes, des étables ou du haras. Quelques enfants nous suivaient mais de loin.

Nous avons marché longtemps à travers champs, emprunté des chemins sablonneux, défoncés, parfois sillonnés de profondes ornières et qui ne menaient nulle part. Nous avons traversé des bosquets, suivi la rivière. Nous sommes plusieurs fois revenus sur nos pas. Sans rencontrer la moindre trace, le plus petit vestige d'anciennes constructions. À croire que les habitants du cru ont raison et que Baïgora n'a jamais existé. À l'ouest, le soleil décline. Les enfants, très vite, se sont lassés de nous suivre.

— Varvara pense que nous ne trouverons rien, dit enfin Vassili. Il y a quelque temps les pouvoirs publics ont décidé de faire enlever tout ce qui ressemblait à des ruines. Varvara évoque des mesures d'ordre purement esthétiques.

— « Purement esthétiques » ?

Je regarde Varvara. Elle paraît soudain gênée, se détourne. Le sourire de Vassili est plus crispé qu'amical.

— C'est pratique, en effet, de faire disparaître les traces de ce qui fut au nom de l'esthétique. Encore une génération et plus personne n'aura été témoin de la splendeur de Baïgora et de sa totale et radicale destruction. Varvara a raison : nous ne trouverons rien. Nous ferions mieux d'aller à l'hôpital nous saouler à la vodka !

Je vois son découragement, je devine son désir de quitter cette campagne ingrate, abandonnée et qui ne lui apprendra plus rien. J'ai encore un peu d'espoir, très peu. Mais je suis venue de si loin.

— On pourrait au moins retrouver l'endroit où s'élevait le manoir.

— S'il ne reste rien des fondations, s'il n'y a même pas de ruines, comment se repérer ? À quoi ?

Je lui rappelle à quel point Adichka aimait les arbres ; les espèces rares plantées autour du manoir ; leur diversité qui faisait l'admiration de tous. En recherchant une végétation contrastée, variée, nous établirons au moins où s'élevait jadis le manoir en briques vertes. J'évoque le grand chêne, au bord de la prairie, devant la maison.

— Celui-là au moins on n'a pas pu le détruire !

Vassili me contemple avec compassion.

— Marie, chère Marie, vous êtes d'une autre planète ! Ici, on est venu à bout de tout ! Des arbres énormes dont les troncs avaient un diamètre tel qu'il fallait trois hommes pour les ceinturer ont été abattus et débités en bois de chauffage ! Vous vous souvenez des grandes forêts qui entouraient Baïgora? Regardez autour de vous, il n'y a plus rien!

Les responsables culturels consultent ostensiblement leur montre. Varvara semble épuisée. Je crois comprendre qu'elle rappelle à Vassili que bientôt il fera nuit. Lui réfléchit un bref instant, puis après s'être adressé à eux :

— Ils veulent se rendre à l'invitation du médecin-chef qui, je vous le rappelle, donne un banquet en votre honneur, dans un hôpital qui est l'œuvre de votre arrière-arrière-arrière-grand-père et qui n'est pas en ruine, bien au contraire. Je leur ai dit de retourner au minibus et de nous y attendre. Peut-être avez-vous raison et qu'en étant plus attentifs à la végétation… Nous allons encore un peu chercher… Partez la première, je me repose cinq minutes et je vous rattrape. Cette errance imprévue et absurde a réveillé des douleurs dans ma pauvre jambe… Pourquoi n'ai-je pas emporté ma canne? Allez, Marie, ne perdez pas de temps. Direction l'ouest, face au soleil couchant!

À l'ouest, le ciel s'est enflammé. De petits nuages roses ont fait leur apparition et me revient cette phrase d'Adichka dans le *Livre des Destins* : «c'est la fin des ciels pommelés». J'essaie d'imaginer une prairie à la place du sol aride et caillouteux. Je cherche de grands arbres qui seraient comme les survivants d'alors. Il y a bien quelques bosquets de châtaigniers, ici et là; des noisetiers et des acacias; des chênes, des tilleuls et des peupliers. Mais ces arbres sont très jeunes et n'ont rien de rare. Ils ont poussé là par hasard, amenés par le vent, sans l'aide et la volonté des hommes. C'est banal, si effroyablement banal... Comment imaginer que jadis s'étendait ici un des domaines les plus raffinés et évolués de Russie ? On peut à la rigueur concevoir la destruction d'un manoir et d'un haras. Mais la destruction de toute une végétation ?

Vassili Vassiliev, de retour, essaie de m'expliquer.

— Avec l'avènement des bolcheviques, les parcs des grandes propriétés ont été lentement mais complètement déboisés. Le schéma est toujours le même : d'abord on occupe les propriétés, puis on les pille, puis on détruit, puis on déboise.

Nous regardons le soleil disparaître à l'horizon. De temps en temps, des cris d'oiseaux. Ce sont les seuls signes de vie. Vassili Vassiliev me prend le bras avec affection. Il semble sincèrement désolé.

— Je pensais retrouver quelque chose de Baïgora. Mon fichu et perpétuel optimisme... Je n'ai jamais envisagé que vous seriez confrontée à une telle destruction... à un tel néant.

Pour le faire sourire, je récite :

— « Du passé faisons table rase. » Maintenant je sais vraiment ce que ça veut dire. Ce voyage aura au moins servi à cela...

Une lumière incertaine unifie maintenant la campagne tandis que nous rebroussons chemin. Les oiseaux commencent à se taire. Bientôt il fera nuit et nous ne verrons plus rien de ce paysage abandonné des hommes. Nous avons le cœur pareillement lourd.

Mais tout à coup une voix puissante lance un cri. Une note sonore et uniforme se répète plusieurs fois et est reprise ensuite par des dizaines d'autres. Ce sont des crapauds et des grenouilles qui entonnent joyeusement leur tintamarre nocturne.

Je suis Vassili Vassiliev à travers champs. Nous avançons guidés par les cris, de plus en plus précis, de plus en plus nombreux. Sous nos pas, la végétation semble s'améliorer : moins de cailloux, de l'herbe, du sable clair. Des crapauds et des grenouilles jaillissent de partout quand nous arrivons au bord d'une pièce d'eau que des saules pleureurs dissimulaient jusque-là. Peut-être étions-nous passés plusieurs fois à côté sans la voir, sans rien deviner…

— Les fameux crapauds de Baïgora, applaudit Vassili. Ils ont survécu, les bougres !

Nous nous asseyons dans l'herbe, au bord de l'eau, attentifs à ne pas les effrayer. Vite rassurés, crapauds et grenouilles s'en donnent maintenant à cœur joie. Leurs voix retentissent, gaillardes et triomphantes, et je comprends la surprise de Nathalie lorsqu'elle les avait entendues pour la première fois, en mai 1916.

— Nous nous trouvons sûrement devant le petit lac où votre famille venait canoter, chuchote Vassili Vassiliev.

— Le petit lac ? Cette mare ?

Toujours en chuchotant, il avance cette hypothèse : le lac s'est asséché tandis que la végétation alentour, à l'inverse des paysages que nous venons de traverser, s'est développée. Il parle conditions climatiques de la Russie centrale, abandon des sols, évaporation de l'eau. J'ai cessé de l'écouter.

Un paysan appelé Vania poussait une barque entouré d'enfants. Il est mort d'un arrêt du cœur, là, quelque part dans l'herbe. Les enfants ont grandi en exil, sous d'autres nationalités. Ils sont devenus français, anglais, américains. La plupart ne sont jamais revenus en Russie.

L'odeur douceâtre de l'herbe se mêle à des parfums de menthe sauvage. Les feuilles argentées des saules frissonnent dans l'obscurité. Une à une des étoiles apparaissent et c'est une magnifique et merveilleuse nuit d'été qui commence.

Quatre jeunes gens se tenaient là une nuit d'août 1916 en tout semblable à celle-ci. Trois frères et l'épouse de l'un d'entre eux. Ils se voulaient pour un soir au moins insouciants. La guerre, les troubles sociaux et les milliers de morts étaient momentanément écartés. Si on y pensait, on n'en parlait pas. Cela avait à voir avec le désir de vivre et la courtoisie. C'est pourquoi l'aîné dissimulait si soigneusement ses pensées. Bien avant les autres, il pressentait d'immenses bouleversements ; la nécessité de tout changer, à commencer par leur propre mentalité. Les siens imitaient les crapauds et lui envisageait la destruction d'un monde, le leur. Mais un regard de son épouse, un seul de ses sourires et l'effroi, aussitôt, se dissipait. Comme le rapporteront ceux qui les ont connus   et qui ont survécu : « Ces deux-là s'aimaient. »

Adichka et Nathalie Belgorodsky. Et si leurs fantômes cherchaient à nous confier un secret ? À nous transmettre autre chose qu'un violon ou les ruines d'une église ?

Malgré le concert assourdissant des crapauds, des cris arrivent jusqu'à nous. Des cris ? Plutôt des appels.

Depuis combien de temps sommes-nous assis là, silencieux, chacun avec ses rêves et ses pensées ? En nous relevant, nous voyons des points lumineux se déplacer dans la nuit. À environ un kilomètre, le minibus avance prudemment, les quatre phares allumés. Nos compagnons nous cherchent, s'inquiètent. J'ai presque hâte maintenant de les retrouver. Vassili Vassiliev me retient une dernière fois par le bras.

— Adichka Belgorodsky a été le premier propriétaire terrien assassiné et Baïgora la première propriété détruite. Mais cela, hélas, s'est reproduit partout. Avec toujours le même schéma. Ce qu'a vécu votre famille, tant d'autres l'ont vécu.

Vous connaissez ce précepte qu'on attribue à Lénine : « Détruisez les nids, les oiseaux ne reviendront pas. » Vous reviendrez un jour ici, Marie ? Vous referez le nid ?

— Non.

Il ne subsiste vraiment plus rien de Baïgora. Mais les lieux et les personnes existent tant qu'on pense à eux. Quelque chose de ce qu'ils ont été palpite encore et me les rend mystérieusement proches. Grâce au *Livre des Destins*.

Je songe avec gratitude à Pacha. Cette femme qui n'était jamais sortie de Baïgora a traversé la Russie en pleine guerre civile pour retrouver les Belgorodsky, à Yalta, en Crimée. Comment a-t-elle su que la famille s'apprêtait à partir en exil ? Il n'y a plus personne pour répondre à cette question. Le journal, elle l'avait ramassé dans ce qui restait du bureau d'Adichka. Tout avait été pillé. Mais personne n'avait voulu de ce modeste cahier recouvert de grosse toile. Pacha savait qu'il contenait ce qui restait d'Adichka ; elle avait senti l'urgence de le remettre entre les mains de Nathalie.

Sans elle, sans son courage, je n'aurais jamais rien su d'eux, cette poignée de gens jetés comme tant d'autres dans la tourmente de l'histoire, ma famille.

COLLECTION FOLIO

Dernières parutions

Composition Bussière
et impression Bussière Camedan Imprimeries
à Saint-Amand (Cher), le 13 mars 2000.
Dépôt légal : mars 2000.
Numéro d'imprimeur : 194-000278/1.

ISBN 2-07-041315-2./Imprimé en France.